在美洲虎太陽下

伊塔羅．卡爾維諾／著
倪安宇／譯

目錄

卡爾維諾的「現象學轉向」

南方朔

卡爾維諾（Italo Calvino，1923-1985）在一九八五年九月十九日因爲突然腦溢血而逝。在那之前，他早已決定要針對五感，各寫一篇作品，他並在一九七二年寫了〈名字，鼻子〉，一九八二年寫了〈味道知道〉，一九八四年寫了〈聆聽的國王〉，但五感中的觸覺與視覺卻再也無法完成了，它是卡爾維諾留給世人最大的遺憾。

後來，他已發表的嗅覺、味覺及聽覺以《在美洲虎太陽下》爲名，於一九九二年出版。這三篇他最後的作品，相當於他創作生涯的終末曲，但因它是卡爾維諾最後之作，這部作品也就可以與他的其他作品串接起來，讓人對卡爾維諾的作品可以有通貫的理解。

有關卡爾維諾作品的定性，後來的許多評論家如坎農（JoAnn Cannon）等皆由其風格，歸之爲後現代主義之列；但像費瑞蒂（Gian Carlo Ferretti）、福蘭希斯（Joseph Francese）則提出另外的見解：認爲卡爾維諾的敘述方式，所透露出來的基本上仍是晚期的現代性，卡爾維諾並未像後現代主義那樣否定因果或否定世界的客觀「整體性」（totality），他只是根據自己的經驗，對事務的確切意義，保持著高度犬儒的懷疑。正因這種懷疑，遂使得他的作品在外形上與消極的後現代主義有著相似性，但除了這種外形和敘述風格有消極的後現代特性外，但卡爾維諾並未將他的犬儒懷疑走到極端的程度。他那種以「演繹法所敘述的故事」（deductive tales），透露出他念茲在茲的，仍是要在這個意義已很不確定的世界，重建那種啓蒙的複雜理性與整體性。這也就是說，他們仍將卡爾維諾歸類在晚期現代性之列，特別是密西根州立大學文學教授福蘭希斯在他那部專論卡爾維諾的著作《陳述後現代的時間與空間》（*Narrating Postmodern Time and Space*）中，即以一種接近現象學的思維角度來敘述卡爾維諾作品中所透露出來的哲學內涵。這是部少見的專門討論卡爾維諾的著作，該書即對卡爾維諾的定性，做了相當哲學性的討論。

人們都知道，卡爾維諾在一九四四年，他只有二十一歲時即加入義大利共產黨的突擊隊，與法西斯和納粹浴血奮戰。而後他即以一個左翼作家的身分，以新寫實主義的筆法從事創作與半理論式寫作。在這個階段，卡爾維諾和當時多數義大利文化知識分子相同，在美學和知識見解上，都服膺克羅齊（Benedetto Croce，1866-1952）的思想。克羅齊乃是二十世紀上半葉義大利最重要的哲學家，他以直觀美學取勝，但他所講的直觀亦有時代與道德上的妥適性。戰後初期，克羅齊的美學與社會價值判斷獨領風騷，成爲新寫實主義的前導。

不過，今天的人們已了解到，卡爾維諾的個性裡極早就有強烈的抽象性與非現實性。一九五六年，蘇聯召開俄共第二十次全國代表大會，對已逝的史達林進行鞭屍。同年東歐的匈牙利首揭自由化及反獨裁專制浪潮，而俄共與匈共則強力鎮壓，這些事件在西歐引起極大反感，也暴露出西歐及南歐非共國家共黨黨員的反省。卡爾維諾就是在當時退出義大利共黨，並從一九六〇年代開始了他的寫作第二階段，在這個階段裡，卡爾維諾的寫作生涯出現了下述幾點重要的轉變：

（一）他在寫作上遠離社會新寫實的風格，並遠離政治與社會的現實，而以一種犬儒的風格表現出他的巨型論述的懷疑與質諷，至於在哲學上他則日益遠離克羅齊而向法國的結構主義及超現實主義作家葛諾（Raymond Queneau，1903-1976）靠近。他成了義大利作家裡第一個脫離本土地方主義特質而融合進入歐洲大主流的作家。

（二）但福蘭希斯提出，轉變後的卡爾維諾雖然日益抽象，缺乏實質的政治與社會內容，由「歸因式的故事」轉往說「演繹式的故事」，但他的故事指向，仍然緬懷著啟蒙理性的特性，因而他的寫作與純粹的後現代主義作家如多莉·摩里遜（Tori Morrison）、多克托洛（E. L. Doctorow）等並不相同。這些美國後現代作家對後現代主義裡漂浮的主體、歷史、空間與時間都更注重其後設性質，但卡爾維諾卻是由於對現實懷疑而開始嘲諷。但他本質上則是對意義的整體性仍然保有掛念，這是他和後現代作家根本上的不同。這也表示他雖然遠離克羅齊，但其實並未完全切斷克羅齊。克羅齊思想仍以一種很潛在的方式保存在他的作品中，只不過是以一種很抽象的方式維持在他的作品中。

（三）卡爾維諾仍然深信著世界的意義有著理性及整體性，因而他的作品裡雖然充斥著意義的不確定性與曖昧性，但那種曖昧不確定性，其實只是一種對理性的詰問，那是一種辯證的過程。若要更深入探究，可說是一種現象學的質問過程。近代西歐，許多作家都有回歸現象學的思考趨勢，企圖透過現象學式的質問，而對理性的範疇做出對話，希望藉此重建對知識的判斷基礎。卡爾維諾晚期的著作如《看不見的城市》、《帕洛瑪先生》，可以說即透露出現象學思考的訊息，因此福蘭希斯遂認爲，卡爾維諾所努力的，其實是要重建知識判斷的基礎，俾去面對他已產生懷疑的這個世界。現象學乃是哲學的終極，卡爾維諾即是要透過這種質詢來超過經驗帶給人們知識判斷的限制。

在理解了卡爾維諾後期思想的轉向，以及他始終保有的對啓蒙整體性的堅持，並持續以現象學的質詢方式，企圖重建觀察及思考問題的知識基礎後，這時候我們即可進入他最後所寫但未完成的《在美洲虎太陽下》這部相對而言乃是他最易讀的作品了。

卡爾維諾在晚期時曾表示，他相信整體性的系統，並以一種知識典範的方式來重新組織各種感覺經驗。他表示人們都是習慣性或不自覺的閱讀及透過抽象化的方式將各種事情變爲最小的單位，然後透過這些單位的差別、重現、例外，替換著來了解這個世界。知識典範的選擇很容易窄化人對感覺經驗的掌握，於是他倡議一種另類理解世界的方法，那就是在自我和世界間建構一條現象學之橋，透過陌生化和疏離化的過程，最後抵達一個終點，那就是在看世界時，不再那麼相信到來的思考而更直接的去描述物質的現實。

卡爾維諾自己在談到《在美洲虎太陽下》時，有一段很現象學式的注解：「我相信我們所寫的往往是我們不知道的，我們之所以書寫是爲了讓未被書寫的世界透過我們得以表達。當我的注意力從橫排書寫的制式規範中轉移到沒有任何句子可以容納或說盡的多變複雜性的時候，我覺得更能看出在話語的另一面有某個東西敲打著監獄的牆壁，想要掙脫沉默跳出來，試圖透過言語說點什麼。」他的這段話比較更確切的說法乃是，「人們在書寫時，其實是被囚在知覺和理解的牢籠中，許多更複雜的東西就被囚禁在其中。我們只有透過更深刻的關照，始能將被囚的東西釋放出來。」這也就是說人們在書寫時，經常也是在自我囚禁，它代表我們漏失了許多未被書寫但可以被表達的東西。用近代法國最重要現象學家梅勒龐蒂（Maurice Merleau-Ponty，1908-1961）的說法，那就是人們應理解到知覺的現象不能只限縮在必然性之中，而疏忽了它的蓋然性和主體性的掌握。卡爾維諾曾倡議過所謂「百科全書式的知識寫作」，他對感覺的認知不只限於感覺本身，而更拓展到感覺的文化知識，人類集體物種的感覺認知等文化科學的層次，要將那個書寫的牢籠裡有更多準備破牢而出的聲音。也正因此，福蘭希斯在論及《在美洲虎太陽下》時遂表示：

「如果卡爾維諾能夠活到寫完此書，則《在美洲虎太陽下》該書將是利用五感來做現象學式探究人類本質的著作。他曾說過，他意圖以人類的感覺能力為前提來探討人類存在的樣貌，他完成了三篇。〈名字，鼻子〉和〈聆聽國王〉探討嗅覺和聽覺，這兩篇比較不尖銳，因為人類物種的延續已不再依靠這兩覺。」

福蘭希斯教授用現象學來探討這本著作的三篇故事，這對理解卡爾維諾的確是新開了一扇窗子。現象學本質上乃是哲學之母，也是探討知識形成、判斷標準，以及論述有效性等終極問題的基本理論。這對卡爾維諾這種喜歡質疑根本問題，嘗試打開文學書寫新向度這種級數的作家，「現象學的轉向」，乃是他重新尋找知識及敘述標準的重要重新出發，這也是他懷疑世界但未掉進虛無漩渦的根本。

就以嗅覺為例，它涉及人類物種延續的集體記憶，辨識敵友、用以尋偶等功能，而到了最後它要面對的乃是氣味記憶的無法久留的最大難題。這是存在的困境。如果不能探究，而只從嗅覺的常識介入，又怎能敘述到這個層次？

而〈聆聽國王〉則是將聽覺與權力的不安全感連繫了起來，人們曾對聽覺做過研究，暗夜逐漸靠近的窸窸窣窣微響，通常都是恐懼的象徵。至於味覺，則使人想起遺傳上的返祖現象，與食人時代和情慾的相互吞噬連繫了起來。在卡爾維諾的作品裡，這部作品可能是他所有作品中最宜人的一部，卻也是他「現象學的轉向」後重建知識判斷及敘述合理表現得最清晰的一部，由這部他最後的作品也提醒了人們研究卡爾維諾的專業著作不多，他在知識理論上變化應是一個值得注意的重點！

在美洲虎
太陽下

前言

《在美洲虎太陽下》（*Sotto il sole giaguaro*），是第一本在卡爾維諾過世後出版的書，由米蘭的噶爾藏提出版社（Garzanti）於一九八六年五月出版。書中收錄三則短篇，在一九七二年至一九八四年間曾完整或部分發表，當時卡爾維諾即計畫將這三篇放入以五感爲主題的書中，但關於視覺及觸覺的另外兩個短篇未及完成。①

爲了讓奧斯卡叢書②的讀者更了解《在美洲虎太陽下》，以下摘錄了卡爾維諾於一九八三年春天在紐約大學人文研究中心做的一場演講講稿片段。這篇講稿的義大利文版（英文版於一九八三年在《紐約書評》發表）一九八五年刊登在《國際文學》雜誌③春夏號，標題爲〈已書寫與未書寫的世界〉（Mondo scritto e mondo non scritto）。

我所屬的族群——如果以全球角度來說是少數，但就我的讀者群來說是多數——清醒時會花非常多時間待在一個獨特的世界裡，那是一個橫排文字的世界，在那裡話語接踵而來，在那裡每句話每個段落都有它們固定的位置：那可以是一個很豐富的世界，而且說不定比未書寫的世界更豐富，不過仍然需要某些特別妥協才有辦法安居其中。我每一次離開書寫的世界，在另一個有三度空間、有五感、有數十億同類，我們習慣稱之爲全世界的地方找到自己的棲身之處時，對我而言都形同再度經歷出生的衝擊，得在所有混沌的感覺中理出一個清楚的輪廓，選定策略，才能面對這意想不到的世界而不至被毀滅。

這個「重生」每次都會用一些特別的儀式來宣告我進入了另一個人生：舉例來說，戴上眼鏡就是一個儀式，因爲我近視眼，而我看書的時候不戴眼鏡，大部分有老花眼的人則剛好相反，這時候他會拿掉閱讀用的眼鏡。

……。

數百年來，閱讀習慣將智人（Homo sapiens）轉變爲閱讀人（Homo legens），但這並不意味著閱讀人比智人更有智慧。不閱讀的智人能夠看見跟聽到許多東西，而我們今天已不具備這類感知能力：追蹤獵捕動物的足跡，觀察風或雨即將來襲的徵兆，從樹影和夜空星星的高度來判斷時辰。智人在聽覺、嗅覺、味覺、觸覺的能力優於我們也是無庸置疑的。

話雖如此，但我今天在這裡並不是爲了鼓吹文盲，以重拾舊石器時代人類的智慧。我們失去的固然值得惋惜，但我並沒有忘記這個結果其實得大於失。我只是試圖了解我們今天能做什麼。

……。

我正在寫一本談五感的書，以彰顯現代人已經失去了這方面的能力。我寫這本書的困難之處在於我的嗅覺不太發達，聽覺不夠專注，我不是老聾，我的觸覺很不敏感，而且我還有近視眼。④我必須很努力才能掌握每一感一定程度的感覺和之間的細微差異。我不知道自己是否能辦到，不過這次跟以往一樣，我的目的不在於寫書，而是改變我自己，我想這應該是每個人類行爲的目標吧。

你們會抗議說你們比較喜歡能傳遞實實在在擁有過的眞實經驗的書，好吧，我也是。可是在我的經驗裡，促使我寫書的動力始終是某個你很想認識並擁有，而你卻沒有或遺漏掉的東西。我對這一類動力知之甚詳，我在那些看似站在高處向我們傳遞絕對經驗的偉大作家身上也看到了這樣的動力。其實他們傳遞給我們的是接觸某個經驗的感覺，而不是已經獲得的經驗值。他們的祕訣就在於懂得永保渴望的力量。

話說回來，我相信我們所寫的往往是我們不知道的：我們之所以書寫是爲了讓未被書寫的世界透過我們得以表達。當我的注意力從橫排書寫的制式規範中轉移到沒有任何句子可以容納或說盡的多變複雜性的時候，我覺得更能看出在話語的另一面有某個東西敲打著監獄的牆壁，想要掙脫沉默跳出來，試圖透過言語說點什麼。

①（原書註）關於視覺短篇的筆記，收錄在米拉尼尼（Claudio Milanini）編纂的《卡爾維諾全集：小說與短篇》第三輯中（*Romanzi e racconti*, III），由米蘭的蒙達多利出版社（Mondadori）於一九九四年出版，p. 1214-15。

②（譯註）蒙達多利出版社於一九九五年二月在奧斯卡叢書中出版卡爾維諾全集，也是此中文翻譯所採用之版本。

③（譯註）《國際文學》（*Lettera Internazionale*），是歐洲一份跨國（義大利、德國、羅馬尼亞、丹麥、西班牙、匈牙利）出版的文化雜誌，一九八四年創刊。

④（原書註）數年前，卡爾維諾回答女作家李帕．德．梅安娜（Ludovica Ripa di Meana）的問題時說：「……我的嗅覺不太發達。味覺嘛，他們說我吃得太快根本來不及眞的品嘗味道。但我對感官知覺有興趣，我正在寫的其中一本書就是談感覺，談五感。不過很難說是不是眞的只有五感。我很尊敬的一位法國思想家薩瓦倫（Jean Anthelme Brillat-Savarin，1755-1826）說性吸引力構成了第六感，他稱之爲創造感。」（〈如果在秋夜一個作家〉，《歐洲》雜誌，一九八〇年十一月十七日，p. 91）。

名字，鼻子

就像刻在黑剛石上，半數字母被風沙抹去、模糊難辨的銘文，製香師啊，你們對未來的人而言是沒有鼻子的。你們會幫我們打開那無聲的玻璃門，用地毯掩飾我們的腳步聲，在那用塗漆木板包裹、彷彿珠寶盒般沒有稜角的空間裡接待我們，還有穿著鮮艷、身材豐滿像朵假花的女店員跟老闆娘，用捧著香水噴灑瓶的圓滾滾手臂或站在圓凳上遮住腳尖的裙襬撩撥我們。那些瓶蓋或尖聳或立體切割的瓶、罐、細頸瓶，努力地在櫃架之間交織出和諧不和諧對位轉位和弦的一張網，卻終究宣告徒勞無功。我們的鼻子已經聾了，再也無法捕捉音階裡的音符：麝香跟香茅、龍涎香、黃木樨混雜不分，香檸檬、安息香變成了啞巴，彌封在沉睡的瓶子裡。可以寫出稀有辭彙的嗅覺字母系統被遺忘了，於是眾香也只能夠繼續無語、失聲、模糊難辨了。

一位偉大的調香師可以讓一個人的靈魂出現不同的悸動。就像那時候，韁繩猛力一拉，我的馬車停在香榭大道上一個眾所皆知的招牌前方，我匆匆下車，進入全是鏡子的廊道，將披風禮帽手杖手套一口氣都丟到立刻趕來接下的女孩手中，歐蒂樂夫人褶裙翩翩飛也似地迎上前來：「桑克利斯特先生！什麼風把您吹來了？請告訴我您需要什麼？古龍水？香根草精油？滋潤鬍鬚的油膏？讓頭髮可以恢復原本烏檀色的滋養液？還是，」她眨眨眼睛，嘴角掛起一抹賊笑，「要在我的售貨員每週以您名義低調送往全巴黎知名或隱晦之處的禮物清單上追加一筆？是不是準備要與忠誠的歐蒂樂夫人分享您的新斬獲呢？」

我情緒太過激動沒有回答，扭著兩隻手，店裡的女孩們已經圍了過來：一個女孩將我別在鈕洞上的梔子花取下來，以免它的清香影響我聞香；另外一個女孩把我口袋中的絲帕抽出來，準備將接下來要讓我選擇的香水滴在上面；第三個女孩在我的西服背心上噴灑玫瑰水，好中和雪茄的臭味；第四個女孩在我鬍鬚上用軟毛筆塗了一層無臭無味的膠，防止不同香味讓我的鼻子太過疲勞。

歐蒂樂夫人說：「看來這段戀情正炙熱！我等這一天等很久了，先生！您什麼都瞞不住我的！這位是大家閨秀？是劇場名伶？還是雜耍表演的女角？或者是您哪一次無意間逛到交際花社交圈，結果意外墜入情網？不過您首先要告訴我，這位女士要歸在哪一類：是茉莉花、果香、濃郁，還是東方香？先生，直言無妨啊！」

其中一個女店員名叫瑪娣，用指頭沾了廣藿香抹在我耳朵上（她的乳尖同時抵著我的腋窩下方），夏荷蕾則伸出噴了金和歡的手臂讓我聞（這種聞香法，曾經讓我用掉一整瓶香水聞遍她全身上下），喜朵妮吹著他們滴在我手上的香葉薔薇好讓它揮發（她的雙唇間露出小小牙齒，我很清楚會留下怎樣的齒痕），還有一個我從未見過、新來的年輕女孩（謹慎如我，只漫不經心地輕輕捏了她一下）握著一個梨形噴霧器對著我噴，彷彿在邀請我跟她打情罵俏。

「夫人，不是這樣的，您相信我。」我終於開口說話了，「我在找的不是要送給我心儀女子的香水！我在找的是那位女子，我不知道她身上用了什麼香水的一位女子！」

在這種時候，歐蒂樂夫人的有條不紊最能發揮功效：唯有嚴謹的思想秩序才能掌控細膩的香氛世界。「我們用刪除法，」她變得很嚴肅，「您有聞到桂皮嗎？還是有靈貓麝香？或是紫羅蘭？杏仁呢？」

前一晚在化妝舞會上，我那神祕的華爾滋舞伴一個慵懶手勢讓披在她雪白肩上的紗巾滑過我的鬍鬚前，一團柔軟的雲霧橫飛直撲我鼻子而來，我彷彿吸入了一隻老虎的靈魂。而我又如何能用言語來形容那溫柔又狂野的感覺呢？

「那香味很特別，歐蒂樂夫人，您相信我，跟您之前讓我聞過的都不一樣。」

店裡的女孩們已經攀爬到最高的櫃架上，小心翼翼地將幾管易碎的試管傳下來，拔開瓶塞的時間只有一秒鐘，深怕空氣會汙染這小心珍藏的香氣。

「這種香水草，」歐蒂樂夫人說，「全巴黎只有四位名媛使用：柯紐奎爾公爵夫人、梅妮勒摩藤侯爵夫人、乳酪製造商庫拉米耶的太太和情婦……。這個黃檀木我每個月進貨，專門爲了蘇俄大使的夫人……。這款撲撲莉香，我只爲兩位顧客特別調製：巴頓・荷斯坦公主及貴婦卡蘿……。至於艾蒿，我記得所有買過一次的女子名單，沒有人買第二次，似乎這個香味會讓男人消沉。」

我要借重的就是歐蒂樂夫人這一絲不苟的經驗，好讓我嗅覺上的那份感動得以名之，那份感動我無法忘懷，卻也很難將它保存在記憶中不畏日漸泛白。我得加快速度，因爲即便是記憶中的香氣也會揮發：我每聞一個新香，在我意識到它跟我尋找的香有多麼不同、相去甚遠的同時，它卻也以其強勢的存在模糊了我對那不在的香的記憶，任其化爲縹緲幻影。「不對，要更靈巧……我的意思是要更清新……不對，要更濃郁……。」在氣味總譜中穿梭的我迷失了，無法分辨往哪個方向走才與我的記憶相吻合，我只知道在那總譜中缺了一塊，在隱而不顯的轉角處躲著的香，對我來說是一個活生生的女人。

那次我就是如此，當時南美大草原森林沼澤的氣味交雜而我們腳不離地低著頭奔跑用雙手和鼻子幫助自己找到了路，鼻子早於眼睛理解一切我們必須理解的，長毛象箭豬洋蔥乾旱和下雨的味道最容易在諸多氣味中跳出來，食物非食物我們或敵人洞穴危險，鼻子都能率先聞出來，一切都在鼻子裡，鼻子就是全世界，我們這個獸群用鼻子就可以分辨誰是我們這一群而誰不屬於我們這一群，同一獸群內的母獸會散發出所屬獸群的氣味，不過每一個母獸又跟其他母獸的氣味互異，我們跟她們之間乍看之下並無太大差別因爲我們都是同一個模樣有什麼需要花時間慢慢看呢，可是氣味讓彼此有所不同，氣味會立刻告訴你你需要知道的而且一定不會出錯，鼻子接收到的話語或消息是最精確無誤的。我靠鼻子察覺到在獸群中有一個母獸跟其他母獸不同，對我和對我的鼻子而言她不一樣，我在草地上奔跑追尋她的蹤跡，用鼻子探查獸群中每一個跑過我跟我鼻子面前的母獸，喔我找到她了喔在所有氣味中是她用她的氣味呼喚了我喔我用鼻子將整個她和她愛的呼喚吸了進來。獸群總是小跑步移動而在奔跑中你如果停下來那麼大家都會騎到你身上踩你用他們的氣味擾亂你的鼻子，我騎上了她結果大家推擠我們撞翻我們然後大家全都騎上她也騎上我而所有母獸都在聞我，大家全都加入了而他們的氣味跟我之前聞到可是現在再也聞不到的氣味毫不相干等一下讓我找找，我在被踩踏所以塵土飛揚的草地上尋找她的足跡，我聞了一個又一個母獸，卻再也認不出她來，我在獸群中絕望地衝來衝去用鼻子尋找她。

我從大麻味中醒過來，手一轉就開始策汪策汪策汪地用刷子打鼓，好跟上派翠克四弦琴的特愣特愣特愣特愣，我以為我在彈〈她知道和我知道〉（She knows and I know）其實只有雷尼用他的十二弦琴在揮汗演出而那些從倫敦漢普斯特一帶來的女孩其中一個跪在那裡幫他做那檔事他則繼續彈他的叮鈴噹啷而所有人包括我在內都躺平了我居然沒發現整套爵士鼓都倒了下來，我想要伸手拉住鼓以免它們破掉，黑暗中看到白色的圓形物於是我伸長手臂卻碰到了一團肉而從氣味判斷應該是某個女孩的肉，我在黑暗中尋找跟啤酒罐一起、跟所有那些光著熱呼呼的俏屁股在滿地菸灰上打滾的裸體一起在地上滾來滾去的鼓老實說天氣並沒有熱到需要光溜溜地睡在地上，沒錯我們這麼多人被關在這裡不知道幾個小時了而瓦斯暖爐得丟點火種進去因爲它的火熄了臭得要命，我是喝多了醒來的時候一身冷汗都是這些傢伙讓我們抽那噁心的玩意兒害的他們帶我們到這個養鴨的臭烘烘的地方說這裡整個晚上無論多吵都沒關係不會有警察過來反正我們從漢姆．史密斯那家店被趕出來總得有地方去，其實是因爲他們想要上這些從漢普斯特就跟著我們的沒見過的女孩我們連看清楚她們是誰長什麼樣子的時間都沒有，我們每次上台表演總會帶著一票女孩，尤其當羅賓開始唱「可憐，可憐我」①那些女孩就進入一種想要立刻做那檔事的狀態結果其他這些傢伙就開始動了起來而我們卡在台上揮汗演奏我打著爵士鼓厚卒厚卒厚卒厚卒，他們在下面厚卒厚卒厚卒厚卒，「可憐，可憐我，嗎」，結果我們今天晚上跟這些女孩連半點便宜都沒沾到而她們明明是我們的粉絲按照邏輯來說上她們的應該是我們而不是其他人。

我現在只好站起來去找那個噁心的瓦斯暖爐丟幾顆火種好讓它重新啓動，我的腳掌踩過頭髮屁股吉他菸蒂啤酒罐乳房原本裝著威士忌的杯子而且應該有人在地板上嘔吐過，我還是用爬的比較好至少我看得見腳下有什麼再說反正我也站不穩，因此我可以用氣味來辨識人，我們儘管自己一身臭汗卻還是能夠立刻分辨出那些因爲呼噁心大麻加上頭髮髒所以發臭的人，女孩們雖然不常洗澡她們的氣味多少會跟其他氣味揉合在一起但也讓她們跟某些氣味區隔開來有時候會在這些女孩身上找到特別的氣味值得好好停留感受，例如頭髮當頭髮不吸菸味的時候自然就換成是別的地方吸菸味了，我聞著這些熟睡女孩的味道往前進突然間停下了腳步。

我說過很難聞出一個女孩肌膚的味道如果她身處在堆疊的人群中就更加困難但此刻我在我下方聞到一個女孩她肯定是白皮膚，有一種白色的氣味和一股特別的白色力量，那輕輕彈跳的氣味來自於可能有幾乎看不到的淺色雀斑的皮膚，像葉子的毛細孔像草地在呼吸，周遭所有惡臭都跟這個肌膚保持距離差不多相距兩公分或可能只有零點一公分，我開始聞遍她全身的肌膚而她將臉埋在雙臂間睡覺，可能是紅色的長髮披在肩上背上，膝蓋下的一雙長腿秀色可餐地伸展著，我現在可以呼吸了但除了她我什麼都聞不到，睡夢中的她應該感覺到我正在聞她而且應該沒有異議因爲她保持臉朝下但用手肘撐起了身子於是我從腋下探頭去從乳房聞到乳尖，由於我的姿勢有點類似跨騎所以就用我覺得做起來舒服她也舒服的方法順勢推進而我們在半夢半醒之間還是找到了彼此契合的方式看我怎樣比較好還有她怎樣會覺得最好。

我們在那當下沒有感覺到的寒冷等結束後感覺到了我想起了我原本是要去找暖爐的於是我起身離開她那個氣味之島繼續在陌生的軀體和不相容甚至令人反胃的味道中前進，我在其他人的物品之間翻找看能否找到點火的東西，我循著瓦斯暖爐的臭味找到暖爐然後讓氣喘吁吁臭氣沖天的它點燃了，我循著廁所的臭味找廁所然後在透過小窗照進來的灰濛濛的凌晨天光中發著抖撒尿，我又回到漆黑中回到封閉空間中回到在呼吸的那些軀體之中，現在我得再度橫越他們才能重新找到那個除了她的氣味我什麼都不知道的女孩，黑暗中要找人很難但就算我看得見也沒辦法知道是不是她因爲除了她的氣味我什麼都不知道，於是我一個一個地聞著躺在地上的軀體有一個傢伙叫我滾開還給了我一拳，這個地方很奇怪似乎有很多房間而每個房間裡都有人躺在地上，我迷失了方向我沒有了方向其實我從來都沒有過方向，這些女孩的氣味不一樣，有幾個很可能就是她但氣味並不是她，這時候霍華醒了用電吉他彈著〈別告訴我我完蛋了〉（Don't tell me I'm through），我應該全都找過了但不知道那女孩到哪裡去了，光線滲入後可以隱約看見這些女孩的模樣，可是我卻聞不到我要聞的那個氣味，我像個笨蛋一樣四處轉但就是找不到她，「可憐，可憐我」，我在肌膚與肌膚之間尋找那個跟其他肌膚都不同卻再也找不到的女孩肌膚。

每個女子的肌膚都有一種香水可以彰顯出她的香味，氣味總譜的音符其實包含了色彩和味道和氣味和柔軟度，所以體驗一個又一個肌膚的樂趣永無窮。當巴黎聖奧諾雷郊區街②上那些大廳的水晶燈照亮了踏進盛宴現場的我，從掛著珍珠項鍊的胸口散發的各式香味所形成的刺鼻雲霧籠罩著我，保加利亞玫瑰的溫柔基調之外多了惱人的樟腦味而龍涎香會讓它留在絲質衣服上，我彎腰親吻庫瑪德公爵夫人的手時聞到略微水腫的皮膚上散發的茉莉花香，我將手臂伸給賀榭席瓦伯爵夫人時那擄獲了我的檀香彷彿層層纏裹在她緊實的小麥色肌膚上，我幫杜佛內男爵夫人脫下她那如白雪般肩膀上的水獺皮披風時一陣吊鐘花香撲鼻而來。原本我的嗅覺神經就能讓我明白那些香水的面貌更何況歐蒂樂夫人現在打開了她那些蛋白石小瓶子的瓶塞讓我做了一趟香水巡禮，而我前一天晚上參加聖墓騎士會的化妝面具舞會時已經做過一次這樣的練習了，那些戴著包烏達③刺繡面具下的名媛貴婦全被我一一猜了出來。直到她出現，她臉上戴著綢緞做的面具，一襲薄紗罩著肩膀和胸口，像安達盧西亞婦女那樣，我想猜出她是誰但徒勞無功，跳舞的時候我刻意多次碰觸她以便在我的記憶中翻找那從未聞過的香味卻依然徒勞無功，她身上的香味就如同牡蠣中的珍珠。我雖對她一無所知卻覺得自己對那香味無所不知，我寧願要一個沒有名字的世界，只要有那個香味那裡就得以名之也有了所有她想要對我說的話語，但我知道的那個香味如今在歐蒂樂夫人的流動迷宮中迷失了，在記憶中揮發了，即使我回想她跟著我去到繡球花房卻依舊喚不回來。愛撫下的她有時候似乎很溫柔，但有時候又很狂野。她讓我發掘那些祕密的部位，探索她那香味的最深處，但就是不讓我揭開她臉上的面具。

「爲何如此神祕？」我惱怒大喊，「告訴我何時何地我們還能再見面，讓我可以看到你！」

「先生，請你不要這麼做。」她回答我說，「我的生命面臨重大威脅。不要出聲，他就在那裡！」

一個罩著紫色連帽斗篷的黑影出現在豪華大鏡子裡。

「我得跟那個人走，」女子說，「忘了我吧，有人在我身上施了詭異的妖術。」

我還來不及告訴她說：「你要相信我的劍可以保護你！」她已經跟在那紫色斗篷後面遠去只在戴著面具的眾人間留下一縷東方菸草味。我不知道他們是如何消失無蹤的，枉費我追趕在後，枉費我問遍了所有在巴黎認識的人全都落空。我知道除非我找到那仇敵的氣味和那心愛的香味否則我不會放棄，除非其中一個帶我找到另外一個，除非決鬥時我打敗仇敵否則我就沒有權利揭開遮掩她面容的那個面具。

每當我以爲在獸群中找到了那母獸的氣味時我的鼻子會同時聞到敵人的氣味，那敵人的氣味跟她的氣味揉合在一起，我發現如犬齒般的雙尖牙痕立刻滿腔怒火，我撿拾石頭扯下多節的樹枝，要是我的鼻子聞不到她的氣味至少我可以找到那個讓我怒火中燒的敵人的氣味究竟屬於誰。獸群驟然改變了行進方向整群朝你奔來，你在一瞬間發現自己的頷骨著地顱骨遭到重擊，脖子上挨了一腳而我用鼻子聞出了仇敵在我身上聞到了他的母獸的氣味想要把我撞死在岩石上，我也在他身上聞到了她的氣味讓我暴怒跳起來奮力出擊直到我聞到血的味道，我以全身的重量壓在他身上用碎石頭岩片駝鹿頷骨骨尖椎鹿角鉤打他，所有母獸圍成一圈等著看誰會勝出。很清楚是我勝出了，我在母獸群中立起身子但找不到我要找的，在塵土污血覆蓋下我的嗅覺變得比較不靈敏，所以乾脆立起身子用後腳走一會兒。

我們之中有的已經習慣走路的時候手不著地而且健步如飛，我覺得有些頭暈所以就像我之前老是待在樹上的時候伸手攀住樹枝，結果發現我高高站立同樣可以維持良好平衡，腳踩著地雙腿膝蓋不彎曲也可以前進。揚起鼻子當然會失去不少東西，因爲你聞著地上所有獸群經過的足跡、聞著獸群中其他動物尤其是母獸的味道可以知道不少事情。但也有很多東西不同了：比較乾燥的鼻子可以聞到風吹來的遙遠味道，聞到樹上的水果、鳥窩裡的鳥蛋。眼晴也會幫助鼻子，會看到空間場所裡的事物、榕樹的葉子、森林裡的那條藍色河流，還有白雲。

後來我走出來呼吸著早晨和道路和晨霧，只看到丟了空的魚罐頭跟尼龍絲襪的垃圾桶，轉角有巴基斯坦人開的一間賣鳳梨的小店，我走到一團白霧前面發現是泰晤士河，倚著欄杆望出去可以清楚看到拖船的船影可以聞到爛泥巴跟柴油的味道，再遠一點是南華克④的燈火與炊煙。我在霧中點著頭前進彷彿是替在我腦海中迴繞不去的「早晨我會死」⑤吉他和弦打拍子。

我頭痛欲裂地離開了製香鋪，要趕到經過許多暗示猜想後好不容易從歐蒂樂夫人手中取得的位在帕西區的那個地址去。我高聲對馬夫喊說：「奧古斯德，往布洛涅森林，要快！」馬車一移動，我深深吸了一口氣好擺脫在我腦袋裡糾纏不清的所有香味，品嘗著座椅和馬具的皮革味、馬糞和冒著煙的馬尿臭味，重新感受所有那些飄盪在巴黎空氣中的高貴和粗鄙氣味，直到布洛涅森林的榕樹葉樹液芬芳籠罩我，聞到園丁灑水讓泥土的味道從酢漿草底部散發出來，才叫奧古斯德轉向帕西區。

那棟大樓的大門半掩，有很多人進出，男人戴著禮帽，女子則戴面紗。進到入口大廳就可以聞到濃郁的花香，像是植物腐爛的味道。我走進去兩旁全都是蠟燭菊花花籃紫羅蘭色靠墊常春花圈；打開的棺材裡襯有綢緞軟墊但我看不到死者面容因爲有面紗覆蓋而且用綳帶纏繞彷彿模糊了輪廓她的美麗就可以繼續拒絕死神靠近，但我認出了那個香水基調，是那與眾不同的香水的殘味，可是已與死亡氣味混合好像彼此從未分開過。

我想要發問但現場都是陌生人，或許是外國人；我走到一個老先生身旁停下腳步，他是所有人當中最古怪的一個，臉的皮膚是黃褐色，頭戴一頂紅色無邊圓頂帽身穿黑色燕尾服站在棺材前致哀。我沒有轉頭，小聲但很清楚地說：「聽說她昨天半夜還在跳舞，而且是晚宴上最美的女子……。」

那老先生頭也不回地小聲回答說：「先生，您說什麼？她昨天半夜的時候已經死了。」

當我站著鼻子迎著風所接收到的信號比較不明確但感受比較多，這些信號帶來懷疑不安驚恐，當你鼻子朝地的時候這些信號你不肯接受撇過頭去，就像從我們獸群丟棄牲畜殘骸、腐敗內臟、骨頭，有禿鷹盤旋的深谷岩堆中傳來的這個氣味。我之前尋找的那個氣味在下方深谷中散佚，順著風勢有時會跟被豺狼喘著氣撕爛的屍體惡臭飄上來，豺狼撕咬著血還沒冷卻的牲畜讓血漬在陽光照耀的岩石下曬乾。

我爬上來尋找其他人因爲我覺得在大霧中好像變得比較清醒了，說不定我現在有辦法把她找出來搞清楚她是誰，可是上面半個人都沒有，大概是我下到堤岸去的時候他們離開的，所有房間都空無一人只留下了啤酒罐跟我的爵士鼓，暖爐的臭味讓人難以忍受，我找遍所有房間有一間是關著的，正好是有暖爐的那間從門縫可以聽到暖爐瓦斯漏氣的聲音好大讓人覺得神經緊張，我開始用肩膀撞門直到門被撞開，裡面從地板到天花板全都是噁心的厚重黑色瓦斯，在我突然想吐彎下腰去之前看到那裡躺著一個白色的長形人體臉被頭髮蓋住，抓住她僵直的雙腿往外拖的時候我在令人窒息的氣味中聞到了她的氣味，我在救護車上在急診室裡在消毒藥水和從驗屍間大理石檯面滴下的屍水氣味中尋找並分辨她的氣味，空氣中充斥著她的氣味因爲外面特別潮濕。

譯註：

①英國搖滾樂團「滾石」一九六五年發行的專輯《異想天開》（Out of Our Heads）A面第一首〈憐憫〉（Mercy, Mercy），歌詞爲：「可憐，可憐我。」（Have mercy, have mercy of me.）

②聖奧諾雷郊區街（rue du Faubourg Saint-Honoré），是法國巴黎的一條街道。雖然較香榭麗舍大道狹窄，仍被視爲世界上最時尚的街道之一。

③包烏達（Bauta）是十八世紀威尼斯最具代表性的貴族專用面具，除了狂歡節期間佩戴外，亦可在平日佩戴，是當時社會的一種身分表徵。

④南華克（Southwark），又稱南沃克，倫敦南邊的小市鎮。

⑤出自滾石樂團專輯《偷竊癖》（Sticky Fingers）中的〈嗎啡姊妹〉（Sister Morphin）。

味道知道

（在美洲虎太陽下）*

*（原書註）此一短篇與書名同，一九八二年六月一日刊登於FMR雜誌**時標題爲〈味道知道〉（Sapore Sapere）。後依據作者說明，皆以〈在美洲虎太陽下〉（Sotto il sole giaguaro）爲名。

**（譯註）FMR（Franco Maria Ricci）雜誌，一九八二年創辦的雙月刊，以介紹美及藝術爲主，曾被義大利導演費里尼譽爲出版界的一顆黑珍珠。二〇〇三年停刊。

品嘗，一般是指運用味覺，接收感覺，尚無需深思或熟慮。嘗味比較是以品嘗爲目的，知道品嘗的是什麼；或表明我們對感受到的感覺有一個知覺的反應，一個想法，一個經驗法則。也就是拉丁文的Sapio，是隱喻直覺，也就是義大利文知的意思，本指直接的知識，而且該知識凌駕於科學之上。

托馬瑟歐①

《同義詞辭典》

Oaxaca發音是瓦哈卡。我們那時住的旅館前身是聖凱特琳娜修道院。我們第一個注意到的是一幅畫，掛在通往咖啡廳的一個小廳室裡。咖啡廳叫「靜修廳」。那是一幅深色油畫，畫中有一個年輕的隱修修女②跟一位年老的司鐸並肩站著，雙手微微懸在身側，僅差咫尺就會碰觸到自己。就十八世紀的繪畫而言，這兩個人像略顯僵硬，是典型殖民藝術中未臻成熟的恩典畫，但散發出讓人不安的感覺，彷彿蘊含了深刻的苦痛。

畫的下方有一首很長的訓世詩，有稜有角的草寫體密密麻麻地寫了好幾行，黑底白字，帶著崇拜頌揚兩個人的生與死，他是本堂神父而她是隱修院院長（她出身貴族，十八歲就進隱修院靜修）。他們之所以會一起入畫是因爲一份無與倫比的愛（這個字在西班牙經文裡充滿了對非俗世的渴望），讓隱修院院長跟她的聽告解神父三十年來連結在一起，因爲這份偉大的愛（這個字在宗教的詞義上有所昇華但並未排除肉體的歡愉）使得比司鐸小二十多歲的院長在神父過世一天後開始生病，並在愛（這個字彰顯一種眞理，讓所有意義都得以集結）的鼓舞下到天上去與他相聚。

歐莉薇亞的西班牙文比我好，就某些語意艱澀的字給了我翻譯上的提示，幫助我解讀故事，這也是我們兩個在閱讀過程及之後唯一的交談，彷彿在我們面前的是一齣戲，或一種幸福，任何評論都多此一舉。那幅畫有某樣東西讓我們覺得膽怯，或應該說，讓我們覺得恐懼，讓我們不舒服。我現在試著形容當時的感受：那是一種失去的感覺，一種淹沒人的空虛。至於歐莉薇亞那時候在想什麼，她都不說話，我也無從得知。

然後歐莉薇亞開口了。她說：「我想吃核桃醬辣椒（chiles en nogada）。」然後踏著夢遊者的步伐，有點不太確定腳有沒有踩在地上的感覺，我們往餐廳方向走去。

夫妻生活中最美的時刻莫過於，什麼都不用多說，我立刻就重建了歐莉薇亞的思路：這是因爲在我腦中也展開了同樣的聯想，儘管比較遲鈍混沌，而且我要是沒有她也不會有此覺悟。

我們的墨西哥之旅已經進行一個多星期了。數天前，我們在提波茲左塔蘭鎭③上的一家餐廳裡用餐，那裡的桌子排列在另一個修道院中庭的橙樹下，我們品嘗了按照隱修修女古老配方所準備的食物（他們是這麼告訴我們的）。我們吃了一道玉米糕（tamál de elote），材料包括很細的甜玉米粉加上豬絞肉跟很辣的小辣椒，一起放在玉米葉上蒸熟；核桃醬辣椒則有表面皺皺的紅褐色小辣椒，在核桃醬裡漂浮，辛辣的澀味和底層的苦味被濃郁甜膩的綿密給中和了。

從那一刻開始，想到隱修修女就會讓我們想起精緻獨特烹調的各種滋味，彷彿隨時準備要讓味道最末端的音符顫動，並且讓那些音符連結成變調及合弦，其中的不和諧音尤其必要，那是無與倫比的經驗，是轉捩點，讓所有感官的感受力完全淪陷。

那次旅行陪伴在我們身邊的墨西哥朋友叫薩魯斯提亞諾·魏拉斯克，在回答歐莉薇亞關於這些隱修修女食譜的問題時，壓低了聲音，彷彿要向我們透露什麼見不得人的祕密。那是他說話的方式，或應該說他兩種說話方式的其中一種：薩魯斯提亞諾樂於分享的資訊（有關墨西哥的歷史、風俗、自然，他確實博學多聞），不是像讀戰爭宣言那樣語氣誇張，就是委婉中一副意有所指的樣子。

歐莉薇亞發現要完成這樣的菜餚需要數小時的時間，而且之前的試驗跟調整也很耗時。「難道那些隱修修女每天都待在廚房裡嗎？」她發問的時候，心裡想像著那些修女終其一生都在研究新的食材混合及分量變化、耐心思考食材組合、如何傳遞細膩而精確的滋味。

「Tenían sus criadas，她們都帶了女傭來。」薩魯斯提亞諾回答後，再進一步跟我們解釋說貴族家庭的女兒到隱修院來都會帶著她們自己的僕人，如果想要滿足小小的口腹之慾，而那也是少數得到允許的慾望，隱修修女就有一群靈巧且勤勞不懈的執行者可以代為完成，而修女們需要做的只有構思、準備、比較及修改食譜，好發揮她們被限制在牆內的想像力：這些想像出自優雅、熱情、內向、不馴的女子，閱讀跟狂喜和耶穌變容和殉難和受難相關書籍、有迫切需要的女子，族譜中有殖民征服者跟印第安公主或女奴混雜、血液中留著叛逆因子的女子，雖然在陽光充裕的墨西哥高原上長大、但童年記憶充滿美味果香草香也充滿活力的女子。

當然也不能不提做為這些宗教人士生活場景的宗教建築，被同樣的動力推向那會讓最辣的辣椒的熾熱擴散開來激化所有味道的末端。殖民地的巴洛克藝術毫不節制地展現大量裝飾與奢華，在每一個經過精密計算的狂熱細節上都用了過度滿溢的感覺來彰顯上帝的存在，正如同爲每一種食物精選出來的那四十二種當地辣椒用灼熱感開展了彷彿火焰般狂喜的全貌。

我們在提波茲左搭蘭鎮參觀了耶穌會士於十八世紀爲神學院興建的教堂（不過才剛落成就因爲他們被永遠趕出墨西哥而遭棄置）：那是一間教堂兼劇場，金光閃閃加上鮮豔顏色，是手舞足蹈兼表演雜耍的巴洛克建築，到處都是飛舞的天使、花環、花束及貝殼。耶穌會士擺明了是存心要跟阿茲特克人④的奢華別苗頭，在回想曾經有一個以變形的偉大藝術動人效果行統治之實的政權時，永遠會想到後者的廟宇和宮殿廢墟（羽蛇神⑤宮！）。那是一場空中的競賽，在這空氣乾燥、兩千公尺高的空中競賽：是美洲文明與西班牙文明的古老競賽，用藝術非凡的魅力來歌頌感官，而這場競賽從建築延伸到了烹飪，烹飪讓兩個文明融合在一起，或應該說烹飪讓輸家變成了贏家，以當地的調味勝出。透過見習修女雪白的手和僕人棕褐色的手，西（班牙）印（第安）這個新文明的烹飪變成了高原上古老神祇的侵略野性與天主教巴洛克的過度扭曲彼此較勁的戰場……。

我們在晚餐的菜單上沒有找到核桃醬辣椒（每個餐廳用的烹調詞彙不盡相同，所以永遠都有新的名詞要記，新的感覺要辨別），但找到了墨西哥酪梨沾醬（guacamole，酪梨打成泥，洋蔥切碎，脆餅剝成片狀後當湯匙用，沾取濃稠的醬料吃：墨西哥代表水果酪梨——它行銷全世界用的是avocado這個四不像的名字——肥美柔軟，跟有稜有角、乾巴巴的脆餅搭配更顯得突出，假裝自己沒味道的同時其實有千萬種滋味）；還有巧克力辣醬火雞（guajolote con mole poblano，火雞搭配普埃布拉州⑥的醬，那也是所有混醬中最高級的一種，曾經是蒙特祖瑪⑦的桌上佳餚，製作十分費時，至少要三天的時間，而且程序很複雜，需要四種不同的辣椒、大蒜、洋蔥、桂皮、丁香花蕊、胡椒、歐蒔蘿種籽、芫荽種籽、芝麻、杏仁、葡萄乾、花生及少許巧克力）；最後還有墨西哥乳酪薄餅（quesadillas，也是一種墨西哥脆餅，在餅裡加入乳酪，搭配肉丁及炸豆子）。

歐莉薇亞的唇在咀嚼過程中有些遲疑近乎停滯，但她並沒有完全中斷動作，只是放慢了速度彷彿不想讓某種內在回音遠颺，她的目光很專注但並沒有標的物，似乎有一種不安的惶恐。從我們的墨西哥之旅開始之後，用餐時我就會在她臉上看到那種專心的表情：那份緊張會從嘴唇蔓延到鼻孔，一下膨脹一下收縮。（鼻子的可塑性有限，尤其像歐莉薇亞那樣勻稱優雅的鼻子，任何想要擴大鼻孔垂直容量的細微動作都會讓鼻孔看起來更小，而相對的反射動作突顯了鼻孔的寬度，則讓鼻子有一種縮回臉上的感覺。）

從我的描述不難理解歐莉薇亞在吃東西的時候將自己封閉起來與她內在感覺的進程合而爲一；而她整個人所表達出來的慾望是想告訴我她所感覺到的，透過味道與我對話，或透過她的和我的兩套味蕾與味道對話。

「感覺到了嗎？你有沒有感覺到？」她語氣中帶著焦慮，彷彿在那一刻我們的門牙咬到了食材成分完全相同的一口食物而我的舌頭與她的舌頭都接收到了同樣那份香味。「是xilantro⑧（芫荽）？你沒感覺到xilantro嗎？」她補了這麼一句。她提到一種香草的名字，這個當地用語我們還不是很確定（是蒔蘿嗎？），然而在我們正在咀嚼的那口食物中僅有那麼一絲絲就足以把它微微辛辣的感動傳送到鼻孔，宛如一種細不可察的陶醉滋味。

歐莉薇亞要我參與她的感受我欣然接受，因爲這表示我對她是不可少的，而且對她而言唯有我們兩人能夠分享的生之喜悅才是重要的。我心想，只有夫妻一體，我們個體的主觀性才得以進一步強化而臻完整。我比墨西哥之旅初期還要更渴望確認這樣的信念，那時我跟歐莉薇亞之間的肉體接觸開始日漸減少甚至進入黑暗期：當然這是暫時的並不需要擔心，這是所有夫妻長期生活中必然會有的高低潮。我不得不注意到歐莉薇亞某些生氣勃勃的表現，或果決或猶豫或苦惱或激動，不斷在我眼前展現而絲毫無損其強度，唯一一個明顯的差別是：表演的舞台不再是我們相擁的床笫之間，而是在餐桌上。

最初那幾天，我期待著那味覺上日漸燃起的火花能在短時間內撩起我們所有的感官知覺，但我錯了：這些食物會催情沒錯，但只針對食物本身（我當時的理解是如此，而我說的是就我們當時的情況而言；我不知道如果換成其他人，或者如果我們當時心境不同會有什麼差別），或激起的慾望僅限於在讓慾望生成的同一領域內尋求感官上的滿足，也就是說不斷吃新的菜餚以激發並強化同樣的慾望。

所以我們是在最理想的狀態下想像隱修院女院長和本堂神父之間的愛是如何進行的，儘管這份愛在世人及他們自己的眼中是純潔無瑕的，但同時也是肉慾放肆的，因爲那份味覺感受必須藉由一個觀察入微的神祕共犯才能獲得。

共犯：這個字除了影射隱修修女跟司鐸的關係外，也跟歐莉薇亞與我有關，這個字閃過腦海，我頓時信心大增。如果說歐莉薇亞近乎著了魔似的熱愛食物是爲了找到共犯，那麼這個共犯的意思應該是並不想要失去我們之間的對等關係，而這正是我越來越擔心的。我覺得歐莉薇亞後來那幾天在研究味覺的時候，想要讓我處於劣勢，我的存在是必要但得聽命於她的，逼我做她跟食物之間關係的見證，或密友，或唯唯諾諾的中間人。我把這個令人不悅的想法拋開，眞不知道這個念頭怎麼會跑到我腦袋裡來：事實上我們的共犯關係是完美互補的，因爲我們追求所愛的不同方法與我們的性格是一致的：歐莉薇亞對細膩的感知能力比較敏感，記憶力重分析，每個記憶都清晰分明；我則擅長從文字及概念界定經驗，勾勒與地理之旅同步完成的我們內心旅程的理想路線。

這是我當時得到的結論，而歐莉薇亞自然也得到了她的結論（很有可能這結論其實是歐莉薇亞暗示我的，我不過是用我的言語說給她聽而已）：眞正的旅行是將一種我們覺得陌生的「外界」內化，所以會造成飲食習慣全然改變，沉浸在我們所在的國度裡，沉浸在它的動物、植物和文化世界裡（不只是烹飪及調味的實際操作不同，就連壓麵粉或攪拌深底鍋的工具用法都不同），而且是透過嘴唇和食道。這才是今天唯一有意義的旅行方式，所有那些眼睛看得見的東西，不需要離開你家的沙發就可以在電視裡一覽無遺。（別提出異議說這樣的結果只要去我們大都會裡的外國餐廳就可以辦到：從認知經驗來看，這些餐廳以為自己可以做得很道地，其實只是偽造事實，那不是紀錄片，而是一種攝影棚式的虛擬環境。）

不過這趟旅行，歐莉薇亞跟我還是看了所有該看的（無論數量或品質都不在話下）。第二天我們去參觀了阿爾班峰。導遊開著小巴士車準時到旅館來接我們，陽光普照下單調的鄉間到處是可以釀梅斯卡爾酒、龍舌蘭酒、仙人掌（我們叫印度無花果）酒的龍舌蘭、仙人掌和藍花楹。道路在山巒間向上攀升。阿爾班峰是環繞谷地的其中一座山，有一堆神廟、淺浮雕、高聳的階梯和祭獻活人的聖壇。恐怖、神聖與神祕造就了觀光業，而我們的行為舉止全都照著既定的劇本走，默默地取代了古老的儀式。凝視著高聳的階梯，我們試著想像從祭司用石刀劃開的胸膛噴出四濺的熱血……。

有三個文明在阿爾班山峰接續地把同一堆石頭搬來搬去：薩波特克人[9]摧毀了奧爾梅克文明[10]的成果之後再重建，而米斯特克人[11]又摧毀了薩波特克文明。墨西哥古代文明的曆法就刻在淺浮雕上，呼應的是一個悲慘的輪迴時間觀：每五十二年宇宙就要毀滅一次，所有神祇都會死亡，神廟被毀，天上或人間的所有事物都要改換名字。歷史上記載占領這片土地的所有後來者說不定根本是同一民族，雖然淺浮雕訴說著不同文明之間的屠殺故事，事實上他們之間的延續從未中斷過。用象形文字書寫其名的村莊被占領，村莊的守護神低著頭，戰俘身上綁著鏈條，亡者身首異處……。

旅行社派來的導遊名叫阿豐索，塊頭很魁梧，輪廓很扁平，跟奧爾梅克人很像（還是像米斯特克人？或薩波特克人？），肢體語言很豐富，比手畫腳指給我們看知名的「跳舞男子」淺浮雕。這些雕像中只有其中幾個是真的踩著舞步的舞者（阿豐索也跳了幾步）；其他的則可能是天文學家，用手遮面好觀看星星（阿豐索也模仿了那些天文學家的動作）；更多的則是即將臨盆的婦女（阿豐索也照學不誤）。我們了解這個寺廟是爲了消災解難的，淺浮雕上都是還願的人像。就連舞步也是爲了便於模仿某些神奇的擬態，尤其是嬰兒出生的瞬間。（阿豐索模仿那不可思議的擬態。）其中一個淺浮雕呈現的是剖腹生產的畫面，大剌剌地把子宮跟輸卵管都刻了出來。（阿豐索更是不顧醜態，模仿完整的女性生理結構，以證明生與死都來自同樣的撕裂傷口。）

我們導遊擺出的姿勢有一種很詭異的感覺，彷彿每個動作和思維都被這些獻祭神殿的陰影所籠罩。淺浮雕上所有人像似乎都跟那些血淋淋的儀式脫離不了關係：選好了黃道吉日對著星辰冥思，獻祭過程伴隨著狂熱的舞蹈；就連新生兒的誕生好像也只是爲了補足戰場上士兵被俘空出的缺額。包括那些或奔跑或扭打或玩球的人像也不是爲了平和的運動競賽，而是戰犯被迫用比賽決定他們之中誰將率先走上獻祭的聖壇。

「比賽輸的人就會被當成祭品嗎？」我問。

「不，贏的人才是！」阿豐索整張臉都亮了起來。「能被黑曜岩石刀切開胸膛是一種光榮！」他原本就很自豪於他的先民有了不起的科學智慧，此時此刻崇拜先祖之情越來越激昂，以奧爾梅克後裔自許的他覺得應該要讚揚用人類跳動的心臟向太陽獻祭之舉，讓陽光每天早晨都能照亮全世界。

這時候歐莉薇亞問他：「獻祭結束後，死者的身體怎麼處理？」

阿豐索僵住了。

「祭品的四肢、內臟，」歐莉薇亞緊追不捨，「是獻給神祇沒錯，這我沒意見，但實際上後來怎麼處理呢？燒掉嗎？」

不是，沒有被燒掉。

「所以呢？獻給神祇的祭品之後總不能土葬，任其腐爛吧……。」

「Los zopilotes，」阿豐索說，「有禿鷹。」是牠們負責清空祭壇，把祭品帶上天。

禿鷹……。「都是靠牠們？」歐莉薇亞繼續追問，我也不明白她為何如此堅持。

阿豐索閃躲，轉移話題，急著帶我們去看連結祭司的家和神殿之間的通道，祭司在那裡現身的時候臉上都戴著可怕的面具。他滔滔不絕、情緒激昂的說教讓人覺得很不舒服，好像在幫你上課，卻把一切都簡化了好讓那些事情能進到我們貧乏的腦袋瓜裡，而他顯然知道得更多，只是他不說，也沒打算說給我們聽。或許歐莉薇亞感受到了，所以她開始保持不悅的沉默，在剩下的參觀行程中及回瓦哈卡的吉普車上都不發一語。

在整段路都蜿蜒曲折的回程中，我試著要與坐在我對面的歐莉薇亞眼神交會，或許是因為顛簸，或許是因為我們的座位高低不一，我發現我的目光會停留的地方不是她的眼睛，而是她的牙齒（她雙唇微啓，神情很專注的樣子），那是我第一次看到她的牙齒沒有想到微笑時露出的皓齒，反而意識到那是個不折不扣的咀嚼工具：嵌進肉裡，然後撕扯、咬斷。理解一個人的想法要透過眼神，而此刻我望著那些尖銳且有力的牙齒，感覺到一股壓抑的慾望，一種期待。

回到旅館走向大廳（那裡原本是修道院的禮拜堂），準備穿過大廳走向我們房間所在的側廊，卻被一陣彷彿瀑布奔瀉而下水花四濺化爲千條湍急溪流的水流聲所吸引。我們越靠近，那和諧的巨響聽起來反而越像一群小鳥在鳥籠裡拍打著翅膀、唧唧啅啅啁啁啾啾地吟唱和鳴。我們站在大廳入口（大廳比走廊低了幾階）看到一群婦女戴著屬於春季的小禮帽圍坐在宴會桌邊。

原來墨西哥正在舉行總統選舉，執政黨候選人的夫人以豐盛的下午茶宴請瓦哈卡所有重要人士的太太。在空蕩蕩的拱頂下，有三百位墨西哥婦女同時開口說話，那立刻征服了我們的壯觀的聽覺饗宴是她們的聲音加上杯子和湯匙和切蛋糕的刀叉聲交集而成。有一幅彩色畫像高掛在會場上方，畫中是一位圓臉婦人，黑色直髮挽了起來，身上的藍色衣服只看得到扣起來的領子，跟毛澤東主席的肖像相去不遠。

爲了避開那些桌子，我們得繞好大一圈才能走到中庭，然後從那裡走到通往側廊的樓梯。就在我們快到出口的時候，現場僅有的少數幾位男性之一從大廳底端的一張桌子旁站了起來，張開雙臂朝我們走過來。那是我們的朋友薩魯斯提亞諾，他以新的總統幕僚團隊代表人物的身分，投入選戰最棘手的階段。從我們離開首都墨西哥城後就沒再見到他，爲了表示他與我們重逢滿心歡喜，也爲了了解我們墨西哥之旅最新的行程，他拋下宴會中的主位（或許也是爲了能暫時脫離女性絕對優勢威脅到他引以爲傲的男性地位的那個氛圍）陪著我們走到中庭。

他問完我們看了什麼之後，就開始滔滔不絕地說我們去過的地方肯定有哪些景點是沒參觀到的，而那些景點唯有跟他在一起才有可能看到：凡是博學多聞的人士一定會跟來此造訪的朋友做如此表示，這種既定的交談模式固然用意良善，但總會壞了剛結束行程回來、對自己的大小經歷興奮不已的旅人興致。歡樂筵席的女賓聲浪傳入中庭，壓過了我們跟他之間至少一半的對話，所以我不是很確定他是不是正在責怪我們沒去看某些東西，而事實上我們才剛去看過了。

「我們今天去了阿爾班峰……。」我抬高音量急著告訴他，「……有階梯、淺浮雕、獻祭聖壇……。」

薩魯斯提亞諾用一隻手先捂住嘴巴然後高高揚起，這個手勢表示他情緒太過激動無法用言語表達。然後他開始巨細靡遺告訴我們關於那裡的所有考古跟人類學研究，我很想把他說的每句話都聽進去，可是他的聲音全都淹沒在轟隆隆的聯誼交談聲中。從他的手勢和斷斷續續的話語「血……黑曜岩……神聖太陽」中我知道他在談活人獻祭的事情，陳述中有欽佩但也不乏敬畏。薩魯斯提亞諾跟帶我們去參觀的那個導遊蓄意炫耀的態度大不相同，因爲他更清楚所涉及的文化意涵。

相較於我，歐莉薇亞比較跟得上薩魯斯提亞諾的說話方式，她問了他一個問題，我明白那跟下午她問阿豐索的問題一樣，「禿鷹沒有帶走的部分……後來怎麼處理？」

薩魯斯提亞諾的眼睛看著歐莉薇亞，閃爍著會意的光芒，而我也懂了那個問題背後的意思，於是薩魯斯提亞諾那洩露天機、屬於共犯的語氣又出現了，但正因爲他的聲音很低，反而輕易就越過了那阻擋在我們之間的噪音之籬。

「誰知道呢……那些祭司……那也是儀式的一部分……。老實說大家所知有限……，那些都是祕密進行的儀式……。沒錯，是聖餐……祭司扮演的本來就是神的角色……而被獻祭的受害者，是神的食物……。」

難道歐莉薇亞想要的就是讓薩魯斯提亞諾承認這件事？她繼續追問：「那用餐的過程是怎樣……？」

「我要再說一次，這只是假設……。很可能王公貴族、戰士都會參加……。獻祭品既然屬於神，就能傳遞神的力量……。」說到這裡，薩魯斯提亞諾語氣一轉，變得很自豪、很激動、很亢奮：「只有抓到戰俘獻祭的戰士不能碰獻祭品的肉……。他要站在旁邊哭泣……。」

但歐莉薇亞看來依舊不滿意：「那肉，要吃肉的話必須烹煮，烹煮聖餐要怎麼準備，還有味道，總會知道些什麼吧？」薩魯斯提亞諾陷入沉思。筵席上的吵雜聲變大了，而他突然對噪音變得非常敏感，用手指頭敲敲耳朵，一副不能讓那喧鬧聲再繼續的樣子。「對，應該要有些規範的……，那肉當然不可能沒有任何特別儀式……或應有的祭儀就吃進肚子裡……

需要對那些年輕有爲的獻祭品表示敬意……也需要對神祇表示敬意……不能把那肉當作一般食物，說吃就吃……。至於味道……。」

「聽說並不好吃……？」

「聽說味道很奇怪……。」

「應該要調味吧……那味道很重……。」

「或許那味道應該要被蓋住……。要集結所有味道來掩蓋那個味道……。」

歐莉薇亞說：「那些祭司……關於烹調……沒有留下任何文字……流傳後世……？」

薩魯斯提亞諾搖搖頭：「是謎……他們的一生都是個謎……。」

而歐莉薇亞，現在換成是歐莉薇亞要來提示他的樣子：「說不定那個味道還是會跑出來……即便有其他味道……。」

薩魯斯提亞諾手指放在唇上，彷彿在過濾他準備要說的話：「那是一種神聖的烹調……要透過獻祭來慶祝所有元素達到一種和諧，那是一種恐怖的、火紅的、熾熱的和諧……。」

他突然間不作聲，似乎覺得自己說太多，而他的責任感彷彿也被筵席喚醒，急忙致歉說不能再陪我們，得回到他的座位去了。

等待天黑的我們坐在廣場拱廊下其中一間咖啡館裡，所有殖民古城的市中心都有這種方形小廣場，廣場上枝葉扶疏的矮樹叫做桃樹，可是長得一點都不像桃樹。為了向總統候選人致意所做的小紙旗和橫布條很努力想為廣場帶來一點歡樂氣氛。瓦哈卡的上流人士在拱廊裡來回散步。美國來的嬉皮等著老太太倒梅斯卡爾酒。衣衫襤褸的流動攤販把花俏的衣物擺在地上一一攤開。反對黨大會冷冷清清的聲音從鄰近廣場的擴音器傳來。一個胖女人蹲在地上煎烙薄餅跟蔬菜。

廣場中央的涼亭裡有樂隊在演奏，讓我回想起在熟悉的歐洲鄉間度過但已遺忘的平靜夜晚。可是回憶就像是「視覺陷阱」，你如果凝神觀察會出現一種時空多重距離感。那群樂手一身黑衣打扮加領帶，印第安人的黝黑臉龐上毫無表情，他們為袒胸露背的各色觀光客演奏，這些人彷彿來自永夏的國度，一群老先生老太太滿口漂亮假牙裝年輕，也為一群彎腰駝背沉思冥想的年輕人演奏，這些人彷彿在等待暮年來染白他們的金色鬍子和一頭長髮，裹著粗糙的袍子，背著行囊，像老月曆上到了寒冬時節會出現的那些寓意深遠的身影。

「或許時間來到了盡頭，太陽疲於升起，泰坦神克洛諾斯⑫不再有受害者供他吞食所以衰竭而亡，於是年歲與季節都亂了。」

「或許只有我們才在意時間之死，」歐莉薇亞回答說，「互相殘殺的我們假裝不知情，假裝再也吃不出味道……。」

「你是說那些味道……之所以需要用到很重的味道是因爲他們知道……因爲他們當時吃的是……。」

「跟我們現在一樣……只是我們對此已經毫無所悉，我們不敢看，不像他們當年……對他們來說並沒有欺瞞，驚恐就在那裡，擺在他們眼前，他們吃到連骨頭上的肉都要剝下來，所以那些味道……。」

「是爲了掩蓋**那個**味道？」我把薩魯斯提亞諾提出的一連串假設延續下去。

「或許沒辦法掩蓋，也不應該掩蓋……。否則等於他們吃的是別的……。或許其他味道的功能是爲了突顯那個味道，好把那個味道襯托出來，以表敬意……。」

這些對話讓我又想要看歐莉薇亞的牙齒，就像坐吉普車下山那時候。但就在那瞬間她溼濡的舌頭舔過雙唇後立刻收了進去，彷彿她在腦中正品嘗著某個東西。我意識到歐莉薇亞已經在想晚餐了。

我們在一群歪斜的鐵皮矮屋中找到一家餐館，這頓飯首先上桌的是裝在手工吹出的玻璃杯裡的粉紅色湯品：sopa de camarones，蝦湯，超級辣，是一種我們從未試過的辣椒，可能是有名的哈雷派尼奧辣椒（chiles jalapeños）。然後是cabrito，烤乳羊，每一口都是驚喜，因爲牙齒一會兒咬到的是酥脆，一會兒又遇到羊肉在口中融化。

「你不吃嗎？」歐莉薇亞看來全神貫注在品嘗她的食物，但其實她跟平常一樣很警覺，而我則專心地看著她。我當時在想像她的牙齒咬下我的肉的感覺，她用舌頭把我抬起頂到上顎，用唾液將我包覆，然後把我推到犬齒尖下。我雖然坐在歐莉薇亞對面，但同時間卻又覺得一部分的我，或全部的我，變成了她的嘴中肉，被咬碎，肌肉纖維被一條條撕裂。但我並不是完全被動，因爲她在咀嚼我的同時，我也對她採取了行動，我把感覺傳遞給她然後透過味蕾擴散到她全身，她的每一次變動都是我引起的：那是一種完整的交互關係，襲捲並征服了我們。

我恢復鎮定，我們兩個都恢復了鎮定。我們細細品嘗用煮過的仙人掌嫩葉做的沙拉（ensalada de nopalitos），用大蒜、芫荽、辣椒、油跟醋調味；還有玫瑰紅、軟綿綿的龍舌蘭甜點（maguey，以龍舌蘭爲食材做的不同甜點），這些菜全都以龍舌蘭水果酒搭配，最後再來一杯加肉桂粉的咖啡。

但我們之間靠食物建立起來的這種獨特關係，就只跟這一頓飯有關，不需要聯想到其他畫面，在我的幻想中我把這個關係連結到歐莉薇亞最底層的慾望去，事實上她一點都不喜歡，而她的不悅必須利用那頓飯發洩出來。

「你眞的很無聊，永遠一成不變。」她開始說，一貫地指責我不擅溝通的個性以及把維持對話的責任完全交給她的習慣，每當我們坐在餐廳裡面對面的時候，戰火就會重新點燃，她逐條列舉我的罪狀，而我不得不承認那些並非無的放矢，但我在其中也找出我們之所以會在一起的主要原因：歐莉薇亞比我更快就能看到、知道、察覺到更多東西，所以我跟這個世界的關係基本上需要透過她。「你老是沉溺在自己的世界裡，沒辦法參與身邊的事物，爲其他人付出，老是事不關己的樣子，一天到晚澆人家冷水，挫人家士氣，漠不關心」，而且這次在列舉我缺點的時候還加了一個新的形容詞，或者是我自己聽起來覺得頗有新意的詞：「乏味！」

喔，我乏味，我心想墨西哥食物如此大膽創新是必要的，這樣歐莉薇亞吃我的時候才不會抱怨；刺激的味道是點綴，但依舊是不可或缺的溝通工具，就跟虛張聲勢的擴音器一樣，唯有如此歐莉薇亞才能從我這裡汲取養分。

「有可能我讓你覺得乏味，」我表示抗議，「但有些味道比辣椒低調收斂，還有些細膩的香氣要懂得的人才能體會！」

「烹調就是用其他味道彰顯某些味道的藝術，」歐莉薇亞反駁說，「但是如果主要食材本身很無味，沒有任何調味料能把不存在的味道逼出來！」

第二天薩魯斯提亞諾說要親自陪我們去參觀幾個剛挖出來、還沒有對觀光客開放的洞穴。

一尊石像從地面微微浮起，我們展開墨西哥考古朝聖之旅剛開始那幾天就已經學會辨識它獨特的造型：是恰克雕像⑬，半仰臥的人像，有點像伊特魯里亞人⑭的模樣，肚子上頂著一個托盤，看起來相貌溫和，是未受教化的小矮子，不過他肚子上那個盤子裝的就是獻祭品的心臟。

「說他們是神的使者，什麼意思？」我在導遊書上看到這樣的介紹，「是被神祇特地派來地面的惡魔，爲了把祭品帶回去？還是人類的密使，要把獻祭品帶去送給神祇？」

「不知道……，」薩魯斯提亞諾面對這些無解的問題有些不安，彷彿在聆聽內在的聲音，好當作他的科學參考依據。「也有可能是獻祭品，仰臥在聖壇上將自己的內臟裝盤獻出……。或獻祭者擺出祭品的姿勢，因爲他知道明天可能就輪到自己了……。少了這些循環，活人獻祭就很難讓人理解……大家都有可能是獻祭者跟獻祭品……被獻祭的受害者之所以接受自己成爲祭品，是因爲他也曾經奮戰抓回其他人當獻祭品……。」

「他們可以被吃是因爲他們自己也吃人？」我追問，但薩魯斯提亞諾已經轉換話題，談起蛇是生命及宇宙生生不息的象徵符號。

這時我懂了。我對歐莉薇亞犯的錯在於我自認爲被她吃了，其實我應該是，其實我才是（一直都是我）那個把她吃掉的人。吃人肉的人自己的肉味最吸引人。我唯有貪婪地將歐莉薇亞吃下肚，她味蕾上的我才不會那麼乏味。

那天晚上，我帶著這樣的決心與她共進晚餐。「你怎麼了？你今天晚上怪怪的。」什麼都躲不過歐莉薇亞的眼睛。送上來的這道菜叫做gorditas pellizcadas con manteca，字面意思是「牛油胖女孩」的一種肉丸。我用充滿情慾的方式咀嚼每一口以感受歐莉薇亞所有的香氣，彷彿吸血鬼吸吮生命之液，但我發現在我—肉丸—歐莉薇亞的三角關係之間還需要加入另外一個名詞扮演關鍵的角色，那個名詞就是肉丸的名字。我品嘗、同化、擁有的其實是「牛油胖女孩」這個名字。當我們結束用餐一起回到旅館房間，那一夜，這個名字的魔力仍持續在我身上發酵。從我們來到墨西哥就困住我們的魔咒首次被打破，而在我們兩人世界裡曾經創造美好時刻的心靈觸動又回來找我們了。

第二天早上我們坐在床上擺出恰克雕像的姿勢，跟那些石像一樣面無表情，膝蓋上頂著旅館提供的早餐托盤，為了讓這無以名之的早餐多些當地風味我們要求加入芒果、木瓜、荔枝跟番石榴，這些水果在果肉的甜味中隱含著淡淡的酸澀。

我們的墨西哥之旅開始往馬雅文明遺址前進。帕倫克遺址的神殿都矗立在熱帶森林、蓊蓊鬱鬱的山上，那裡有枝幹盤根錯節的巨型仙人掌、枝葉呈淡紫色的紅蟻木和酪梨樹，每株樹都覆蓋著一層蔓生植物、攀緣植物及不知名植物。從碑銘神殿陡峭的階梯走下來的時候我覺得一陣暈眩。歐莉薇亞不愛爬階梯所以沒有跟我上來，停在神殿之間空地上的大型遊覽車有鬧哄哄、五顏六色的旅遊團上上下下，她困窘地坐在那裡。我一個人爬上太陽神殿，直到美洲虎太陽（sole-giaguaro）淺浮雕下，也爬上了十字聖樹神殿，直到鳳尾玄鳥（quetzál）淺浮雕下，最後還去了碑銘神殿，不僅爬上（自然也要爬下）令人嘆為觀止的大石階梯，也在黑暗中爬下（自然也要爬上）地下墓穴。地下墓穴裡有身兼國王及祭司二職的帕卡爾二世陵墓（幾天前我在墨西哥城的人類學博物館已經很輕鬆地參觀過複製版），棺蓋是一塊雕刻得十分繁複的石板，可以看到國王在操控一台科幻機器，就我們的觀點來看很像是用來發射太空火箭的太空船，但其實代表的是他的肉身準備要下到地府去，以及聖樹的誕生。

我下，我上，上到美洲虎太陽下，上到樹葉層疊的一片綠海之中。世界上下顛倒了，我被國王——祭司的刀割斷咽喉從高高的階梯向下墜落，落入手拿攝影機學當地人戴寬邊帽的遊客群中，太陽能在密密麻麻的血管及葉綠素脈管中奔流，我在所有能被咀嚼及消化的纖維中、用吃喝將太陽占爲己有的所有纖維中，生與死。

歐莉薇亞在河邊一家餐廳的茅草棚架下等我，我們的牙齒以相同的節奏緩緩動作，我們像蛇那樣目不轉睛地盯著對方。化爲蛇的我們渴望將對方吞下，也知道這如同是我們被蛇吞噬，在這個集體人吃人的吞嚥和消化的過程中不斷被消化被吸收並以愛名之，也讓我們的身體跟豆子湯、威拉克魯斯鯛魚、墨西哥捲餅之間的界線消弭於無形……。

譯註：

① 托馬瑟歐（Niccolò Tommaseo，1802-1874），義大利知名語言學家及作家，編纂《義大利語字典》及《義大利同義詞辭典》。

② 隱修修女，度隱修、祈禱、補贖、遵守三聖願生活的人士。

③ 提波茲左塔蘭鎮（Tepotzotlán），在墨西哥市附近。

④ 阿茲特克人（Aztechi），意爲「來自阿茲特蘭島的人」，墨西哥人數最多的一支印第安人。十四世紀初在今墨西哥城建立特諾奇提特蘭城（Tenochtitlán），阿茲特克帝國形成。阿茲特克文明有象形文字，信奉太

陽神、月神、春神、戰神等眾神，喜用活人獻祭。帝國至十六世紀統治墨西哥，毀於西班牙殖民者之手。

⑤ 羽蛇神，是中美洲文明普遍信奉的神祇，形象爲長滿羽毛的蛇，據說主宰晨星，發明了書籍、立法，並帶來玉米，也代表著死亡與重生，是古代祭祀的守護神。

⑥ 埃布拉州，墨西哥中東部的一個州，首府同名。

⑦ 應指蒙特祖瑪二世（Moctezuma II，1475-1520），古代墨西哥阿茲特克君主，一度稱霸中美洲，後被西班牙征服者擊敗，導致阿茲特克文明滅亡。

⑧ 芫荽是香菜的一種，在美洲名 xilantro 或 cilantro，也稱 coriander。

⑨ 薩波特克人（Zapotec），居住在墨西哥南部瓦哈卡州的印第安人，信奉天主教。其文明可上溯至兩千五百年前，與馬雅文明同受奧爾梅克文明影響。

⑩ 奧爾梅克文明（Olmec）是已知最古老的美洲文明之一，西元前十二世紀到前四世紀盛行於中美洲（現在的墨西哥中南部）。有人認爲奧爾梅克文明是馬雅、薩波特克、古印第安提奧提華坎等文明的母體，但也有人認爲這些文明互爲姊妹關係。

⑪ 米斯特克人（Mixtec），居住在墨西哥南部瓦哈卡州一帶的印第安人，具有高度文明，與薩波特克文明同時期。

⑫ 在希臘神話中，克洛諾斯（Cronos）是天神與地母之子，泰坦巨人之一，奪取父親的統治權後，又聽信謠

言說自己將被子女取而代之，因而將子女一一吞食。希臘文中Cronos與時間（time）諧音，是「時間」的擬人化神祇。

⑬恰克雕像（chac-mool），多見於前哥倫布時期中美洲的神殿。在馬雅文化中代表雨神，對務農的馬雅人而言形同大地之母。

⑭伊特魯里亞人（Etruschi）是今義大利半島上早期住民，其活動範圍為義大利半島中部。西元前十二世紀至前一世紀伊特魯里亞人在半島上建立起先進的文明，於西元前六世紀達到巔峰，在習俗、文化及建築等方面都對古羅馬文明產生了深遠影響。

聆聽的國王

權杖要用右手拿，而且要拿直，如果讓權杖歪了就不好了，而且你也找不到地方放它，在御座旁就連放杯子、菸灰缸、電話的小桌子或層板或小板凳都沒有。御座孤零零地，矗立在高聳的階梯上方，如果有東西掉下去的話就會滾啊滾地再也找不到。要是不小心鬆手就更麻煩了，你得站起來，離開御座去把權杖撿回來，因爲除了國王之外沒有人可以碰它，可是國王趴在地上去撿滾到某個家具下的權杖實在很不好看，還有皇冠也要小心，只要你略一低頭，皇冠就很容易從頭頂掉落滾走。

你的前臂可以擱在扶手上，這樣太不會累：我說的是右手臂，握權杖的那隻手；至於左手呢，是自由的，可以抓癢，如果你需要的話。有時候貂毛披風會讓脖子覺得癢癢的，然後往下傳到背部，再傳到全身。坐墊的天鵝絨遇到溫度升高，會讓屁股跟大腿覺得刺刺的。你不需要猶豫，可以大剌剌地把手指伸向你覺得癢的地方，可以解開皮帶的金色釦環，可以拿掉圍脖、勳章、流蘇肩章。你是王，沒有人可以指責你，你已經夠倒楣的了。

你的頭不能亂動，別忘了你頭上那頂皇冠戴得不是很穩，你沒辦法像刮風的時候戴棒球帽那樣卡在耳朵上，皇冠是個比支撐它的基底大很多的圓頂，所以不容易保持平衡，你要是不小心打個盹，下巴靠到胸口上，皇冠就會骨碌碌地滾下去跌成碎片。皇冠易碎，尤其是鑲了寶石的金銀細絲部分。當你覺得皇冠要滑下來的時候你要夠機靈微微晃動頭部調整姿勢，但是要小心動作不能太大以免皇冠撞到華蓋，因爲華蓋的帷幔褶皺正好切過皇冠旁邊。總而言之，你要保持一國之君的莊重讓它習慣成自然。

再說，你有什麼好忙的呢？你是國王，你想要的都已經屬於你。你只需要抬起一根手指頭，就會有人用銀托盤帶吃的、喝的、口香糖、牙籤、各種牌子的香菸給你；你如果想睡覺，御座很舒服，全都鋪了軟墊，你只需要閉上眼睛往背墊上一靠，擺出跟平常一樣的姿勢就好：反正你是醒著或睡著了也沒差，沒有人會發現的。如果需要上廁所，大家都知道御座上有洞，每個御座都如此：一天換兩次便盆，如果臭的話會換頻繁一點。

總而言之，這一切安排都是爲了避免讓你離開御座。離開御座，對你一點好處也沒有，只有壞處。只要你站起來，只要你走開幾步，只要你讓御座離開你的視線範圍一秒鐘，誰能向你保證當你回來的時候不會發現另外一個傢伙坐在上面？說不定那傢伙還長得跟你很像，或根本一模一樣。然後你就得想辦法證明國王是你不是他！要判斷誰是國王，就要看他是否坐在御座上，是否擁有權杖跟皇冠。現在這些都屬於你，你最好片刻不要離手。

問題在於腳要怎麼活動，如何避免雙腳發麻，還有關節僵硬：這的確十分不方便，但你總是可以踢兩下，抬抬膝蓋，蜷縮在御座上，或者盤腿坐，當然這些動作時間都不能長，要看國事是否忙碌而定。每天晚上會有洗腳僕人幫你洗腳，把你的靴子脫下十五分鐘；早上則會有人負責除臭，用香噴噴的棉花粉撲幫你擦拭腋下。

包括你可能會有生理需求也都幫你設想好了。經過精挑細選訓練有素的宮廷貴婦，從胖到瘦都有，她們聽你吩咐，穿著柔軟飄逸的蓬裙輪流走上御座階梯迎向你焦急的膝蓋。那檔事還是可以做，你留在御座上，而她們可以面向你或背對你或側身對著你，變化萬千，你可以匆匆結束，如果國事並不如麻你滿空閒的話，你就可以耽擱多一點時間，甚至四十五分鐘都可以，在這個情況下通常會將華蓋的帷幕放下，不讓他人窺探國王的隱私，同時樂師會彈奏柔情似水的樂音。

總而言之，你一旦加冕完畢坐上御座，你最好不分晝夜乖乖坐著別亂動。你這一生在此之前，都在等待當上國王，現在你是國王了，你唯一需要做的事情就是在位。在位不就是這另一次漫長的等待嗎？等待你被罷黜的那一刻，然後你就得交出你的御座、權杖、皇冠，以及腦袋。

時間漫漫，御座所在的大廳燈光始終不變。你聆聽時光流逝：嗡嗡作響像風，像風吹過皇宮通道，或吹過你的耳根。國王沒有時鐘，理論上是他們在掌控時間之流，受制於一個機械設備對皇室尊嚴而言是難以忍受的。單調的時間延展會像緩慢的沙流慢慢將你淹沒，但你知道如何自救。你只需要豎起耳朵，學會分辨皇宮裡隨著時辰變化的各種聲音就夠了：早晨高塔升旗會吹響號角；皇家管理處的卡車在院子裡卸下一籃籃、一桶桶的食物；女僕把地毯掛在涼廊欄杆上拍打；晚上會有鐵門吱吱嘎嘎的關門聲；從廚房會傳來碗盤碰撞的聲音；馬廄傳來馬嘶聲表示現在是幫馬匹刷洗的時間。

皇宮本身就是時鐘：這個時鐘是循著太陽路徑用聲音報時的，看不見的指針指出碉堡前斜坡上在換衛兵，釘鞋踏步，槍托擊地，呼應著坦克車在廣場礫石地上操練，履帶發出的刺耳摩擦聲。如果這些聲響按照平日的順序重複出現，中間穿插應有的暫停，你就可以放心了，這表示你的國家沒有遭逢任何危難，至少目前如此，此刻如此，那一天是如此。

你窩在御座裡，用手圈起耳朵，避開華蓋的褶皺以免它遮掩住任何一點聲響或迴音。對你而言每天的生活就是這些相繼傳來的聲響，有時清晰，有時幾乎微不可察；你學會了分辨聲音、分辨它們的出處跟距離，你還知道它們的順序，知道暫停時間多長，每一個轟隆隆、吱吱嘎嘎或叮叮噹噹在傳入你耳朵鼓膜之前你已經在等待，它們在你的想像中提前出現，萬一延遲會讓你焦躁難耐。直到聽覺那條線重新被串起，所有已知聲響結成的網把破掉的洞縫補起來，你的憂慮才得到舒緩。

皇宮的前廳、台階、涼廊和通道的天花板很高，而且是拱頂，每一個步伐、門鎖的每一次轉動，每一個噴嚏聲都會有迴音，會隆隆作響，會水平地傳向相鄰的大廳、門廳、柱廊、後門，也會垂直傳向樓梯間、牆縫間、天井、管線間、煙囪帽、貨運升降機井，而所有這些傳聲路徑到最後都會集中到御座大廳。氣流在斷斷續續的振動推進下紛紛注入這個你漂浮在其中的巨大寧靜湖泊中，你小心翼翼地、專注地接收這一切，然後解讀。整個皇宮是個渦狀物，一瓣一瓣，像個巨大的耳朵，只是在人體與建築之間，彼此交換了名稱及功能：樓房（耳廓）、樓梯井（耳管）、山牆（鼓膜）、迴旋樓梯（耳蝸）、迷宮（內耳）；你躲在最深處，在皇宮—耳朵和你自己耳朵的最深處。皇宮就是國王的耳朵。

這個地方隔牆有耳。帷幔間、簾子裡、掛毯後，間諜無所不在。你的間諜，那些爲你服務的情報人員肩負的任務就是將皇宮內的種種陰謀巨細靡遺地向你回報。宮廷內到處都是敵人，而且越來越難分清是敵是友，但大家都知道計畫罷黜你的人是你的大臣跟其他官員。你知道所有情報工作都會有對方的情報人員滲透。或許所有向你領取薪資的情報人員同時也爲對方工作，這些情報人員自己就是謀反者，迫使你不得不繼續付他們薪水好延長他們乖乖聽話的時間。

每天都有電子機器產出一疊疊厚厚的情報資料送到御座階梯上你的腳邊。你不需要讀，反正那些間諜只會證實的確有陰謀，藉以證明他們的情報工作是必要的，同時又必須否認有立即危險，表示他們的情報工作是有效的。其實大家都知道你不會看這些送來的情報，御座大廳裡根本沒有足夠的光線閱讀，因爲理論上一個國王完全不需要閱讀，該知道的事他早就知道了。只需要聽到情報辦公室在上班八小時中那些電子機器滴滴答答的運作聲，你就安心了。一群工人把新事證輸入記憶體裡，監督著螢幕上複雜的表格，從印表機上拿起新的報告，那報告說不定永遠都相同，每天重複的內容只有天氣晴或雨的差別。而同樣這批印表機也印出內容相差無幾的謀反者祕密情報交流、兵變指令、罷黜你致你於死的詳細計畫。

如果你想要的話，也可以閱讀這些報告，或假裝閱讀完畢。不管這些間諜是聽命於你或你的敵人，他們的紀錄可以譯爲密碼，然後輸入到設計好的程式裡以產出符合官方格式的情報。這些報告或許具威脅性或許令人放心，但在那些紙張上描繪的未來不再屬於你，並不會解決你擔心的問題。你想知道的是別的，讓你晚上屏氣失眠的畏懼和希望，也是你耳朵努力想知道的，關於你自己，關於你的命運。

當你登上王位的時候，這座皇宮，在那瞬間這座皇宮就變成了你的，卻也變得很陌生。隱居在這不能走開否則恐有不測也不符合皇室禮儀的御座大廳之前，你在長蠟燭和長柄宮扇圍繞下，在加冕典禮上領著文武百官最後一次走過皇宮。畢竟一個國王在走廊、辦公室、廚房之間走來走去成何體統呢？皇宮裡再也沒有你能去的地方了，除了這間御座大廳。

你對其他地方的記憶，你最後一次看到它們的樣子，在腦海中早已褪了顏色；而這些地方在節慶時又被布置得五彩繽紛，根本認不出原來的樣子，你很容易在裡面迷路。

你記憶中比較清楚的是作戰的某些片刻，你領著當時的追隨者（他們現在肯定在準備推翻你）向皇宮進攻的時候：被迫擊炮打中折斷的石榴花，被火攻的城牆上焦黑的缺口，以及機關槍子彈留下的千瘡百孔。你沒辦法想像那就是現在御座所在的這座皇宮；你要是再看到這樣的場景，就表示你的週期已經結束，輪到你要面對毀滅了。

更早之前，你還在宮中密謀推翻你的前任的那幾年，你眼中看到的是另一座宮殿，因爲你的身分地位能接觸到的環境是那樣而不是這樣的，因爲你已經野心勃勃地在思考你一旦登基成爲國王的時候，要把皇宮打造成什麼樣子。每個新登基的國王一坐上御座會下的第一道命令，就是改變皇宮裡所有房間的擺設及用途、壁紙及粉刷。你也這麼做了，你以為這麼做就表示你是真正的擁有人。其實你做的不過是將其他回憶丟入遺忘的碎紙機裡，再也無法挽回。

當然，在皇宮裡有某些大廳具有歷史意義，即便已經從頭到腳都被整修過以期找回失落時光恢復古色古香面貌，你也希望能再去看看。可是這些大廳最近都開放給觀光客參觀，你得離他們遠遠的，窩在你的御座上，在你的聲響行事曆上聽音辨別哪幾天是參觀日：遊覽車在空地上停車的噪音，好發議論者的喋喋不休，不同語言發出的讚嘆聲。即便是不開放參觀的日子，也有人慎重其事地建議你最好不要去冒險，因為你有可能會被清潔工人的掃把跟水桶跟清潔劑絆倒。如果是晚上你有可能迷路，被擋住你去路的警報系統紅外線卡住動彈不得，直到早上才被一群手持攝影機、滿口假牙、一頭燙過的鬈髮頂著天藍色面紗的老太太，以及穿著花襯衫不紮進褲子裡、頭戴寬邊草帽的胖老頭發現而進退兩難。

如果你的皇宮對你而言是陌生而未知的，你可以試著一片片重建，讓每個腳步聲、每個咳嗽聲都在空間中找到定位，在每一個聲響周圍用想像築起牆壁、天花板、地板，賦予讓聲響擴散出去的虛空一個形式，以及可以衝撞的障礙，讓聲響自己勾勒出畫面。清脆的叮叮噹噹不只是小湯匙沒擺好從淺碟掉落的聲音也是懸著紫藤的玻璃高窗照亮鋪著蕾絲飾邊桌布的餐桌一角；輕輕的撲通一聲不只是貓咪縱身一躍抓到老鼠也是用密密麻麻的釘子和木板封住的樓梯下小儲藏室潮濕發霉了。

皇宮是個發聲體，有時膨脹有時縮小，像經紗①那樣縮成一團。你可以在迴音帶領下走遍皇宮，從呼吸、窸窣、嘟囔、咕嚕聲中找出吱吱嘎嘎、咿咿啞啞、詛咒斥罵的位置。

皇宮是國王的身體。這個身體會傳送神祕訊息給你，你帶點擔心和焦慮接收下來。在這個身體裡的某個不知名地方隱含著威脅，在那裡已經設下陷阱等待你的死亡，你接收到的訊號或許是爲了告訴你在你自身內部危機四伏。那個斜倚在御座上的不再是你的身體，當皇冠戴到你頭上的那一刻你就喪失了它的使用權，而現在你人在這黑暗、陌生、對你打謎語的屋子裡延展開來。眞的有任何改變嗎？之前你對自己所知也很有限或完全無知，你很害怕，一如此刻。

皇宮是規律的、一成不變的聲響揉成的一綑經紗，像心跳，跟其他不協調、突如其來的聲響各行其道。有一扇門砰地一聲關上，在哪裡？有人在樓梯上奔跑，有人悶聲呼喊。經過了數分鐘漫長的等待，聽到一聲長口哨和尖銳的回聲，應該是從塔樓窗戶傳來的。下方用口哨回應。然後，寂靜。

一個聲響跟另一個聲響之間有什麼故事嗎？你忍不住想要把其中的意涵找出來，說不定它不是躲在單一聲響背後，而是躲在隔開聲響與聲響之間的那個暫停裡。如果眞有故事，那故事跟你有關嗎？後續發展會不會把你捲進去呢？或那只是皇宮生活的眾人之中一段無關緊要的插曲呢？你隱隱約約猜到的每個故事都跟你脫離不了關係，皇宮裡發生的每一件事，國王都參與其中，不管是主動或是被動。從最不顯眼的蛛絲馬跡你也可以找出跟你命運相關的徵兆。

對焦慮的人來說，任何一個有違常規的徵兆看起來都可能是一種隱憂。每一個細微的聲響在你聽來都像是在宣告你的噩夢成眞。難道不可能正好相反嗎？你將自己困在循環重複這個牢籠裡，滿懷希望豎起耳朵等待每一個劃破死寂的音符，每一個醞釀中的意外來臨，打開牢籠，斬斷鐵鏈。

說不定隱憂其實來自於寂靜而非喧鬧。你有幾個小時沒聽到換哨兵的聲音？效忠於你的那隊士兵會不會已經被謀反者抓起來了呢？爲什麼廚房沒有傳出鍋碗瓢盆的匡啷聲？難道是忠心耿耿的廚子被習慣出手悄然無聲的刺客所取代，現在正在主菜裡加入致命的氰化物……。

說不定危機就隱藏在規律中。號兵跟平日一樣準時吹響了號角，但你不覺得他今天特別用力嗎？你沒發現小鼓打得太過激昂，似乎熱情過度了嗎？哨兵在巡邏道上行進的步伐彷彿多了一份屬於行刑大隊的淒涼……。壓過礫石地的坦克車履帶幾乎沒有發出任何刮擦聲，可能零件比平日多上了油，難道是預知戰事即將爆發？

說不定所有衛隊都不再是那些對你忠貞不二的……。搞不好他們並沒有被替換，只是投靠到敵方陣營去了……。或許一切都跟之前一樣，只不過皇宮已經落入篡位者手中，他們之所以還沒來抓你是因爲反正你已經不重要了，他們將你遺忘在一個已經不是御座的御座上。

皇宮生活之所以一切如常就表示政變已經完成，新的國王坐在新的御座上，你已經被判了刑，既然已成定局也就不需要急著執行了……。

別胡思亂想了。皇宮內所有大小事都按照你頒布的規定分毫不差地在執行：軍隊像敏捷的機器完全聽令於你，宮中儀典絕對不允許在擺桌或撤桌或拉布幔或鋪紅地毯的時候不聽從指示出任何差錯；所有廣播節目也是你一氣呵成決定的。一切都在你的掌控當中，沒有任何一點細節違背你的意志或失去控制。即便是在水池裡呱呱叫的青蛙、小孩玩矇眼鬼抓人遊戲吵翻天、老僕人從樓梯上倒栽蔥跌下來，一切都如你所規畫，一切都如你所設想，由你決定，在變成聲音傳到你耳朵之前你就已經拍板定案了。如果你不要的話，這裡連一隻蒼蠅都不可能飛過。

或許就在你認為擁有一切的此刻，卻又覺得自己即將失去一切。照顧宮中所有細節的責任，心裡老是記掛著這個地方把你逼得筋疲力盡。而權力賴以扎根的不屈不撓也從來沒有像你高唱勝利的此刻那麼脆弱。

御座旁有一個牆角，你不時會聽到從那裡傳來一種聲響，遠遠的撞擊聲，好像有人在敲門。難道是有人在牆的另一邊拍打嗎？與其說是牆，應該說是柱子或突出的支柱，那其實是一根中空的柱狀物，也有可能是從地窖到屋頂貫穿皇宮各樓層的一種管道間，例如連接暖氣的排煙管。也就是透過這個管道，所有聲響才會在室內垂直傳遞。在皇宮的某個地方，不知道在哪一層樓，但一定是御座大廳的樓上或樓下，有某個東西在敲打空柱。某個東西，或某個人，有人用拳頭很有節奏地敲打空柱，從聲響微弱來判斷，發聲地點有些遙遠。那是從幽暗深處浮出的聲響，沒錯，是來自低處，是從地底傳來的聲音。是暗號嗎？

你伸長手臂就可以用拳頭敲打牆角。你重複你剛才聽到的敲擊聲。寂靜。然後那聲響又出現了，暫停的順序跟頻率有些改變。你再重複一次。等待。回應並沒有讓你久等。你跟對方取得通話了嗎？

要交談總得懂得對方的語言。連續好幾聲敲打，暫停，緊接著幾個單音：這些暗號可以轉化爲密碼嗎？有人正在拼字、寫句子？有人想要跟你溝通，他有急事要告訴你？從最簡單的邏輯下手吧：一下，是a；兩下，是b……。不然試試看摩斯密碼，想辦法分辨長音跟短音……。有時候你覺得傳過來的訊息是有節奏的，像一組音符：這就證明了對方的確蓄意引起你的注意，想要跟你溝通，跟你講話……。但你不知足：如果這些撞擊是規律地接續而來，應該會拼成一個字或一句話才對……。你已經把你對讓人安心的話語的渴望投射在這單調的重複聲響上：「陛下……我們效忠您……一定會擊退伏兵……萬歲。」跟你說的是這個嗎？這是你用所有想像得到的解碼系統解讀出來的結果嗎？不是，根本不是這麼回事，否則訊息應該會截然不同，會接近：「篡位的狗雜種……復仇……下台……。」

冷靜。那或許只是聯想。只是字母排列出來的巧合結果。或許那根本不是什麼暗號，只是有扇窗被風吹動所以乒乓作響，也或許是小朋友在拍皮球，或有人在釘釘子。釘子……。「棺木……你的棺木……。」此刻那敲打聲說的是：「我會從這棺木中出來……換你進去……活埋。」反正那都是些沒意義的話，是你自己愛聯想，把你的胡思亂想硬套到那些亂七八糟的聲響上。

還不如想像一下當你用指節隨意敲打牆壁的時候，某個人，在皇宮某處聆聽的某個人，以爲自己聽到的是話語，是句子。試試看。試吧，別多想。你在幹什麼？幹嘛這麼全神貫注，一副沉思冥想、喃喃自語的樣子？你以爲你用這面牆往下傳遞了怎樣的訊息？「你在我之前也是篡位……我打敗了你……我本來可以殺掉你的……。」你在做什麼？你想要在一個看不見的聲響面前爲自己開脫？你在向誰求饒？「我饒了你一命……。你如果報仇成功……別忘了……。」你以爲是誰在下面敲牆壁？你以爲被你趕下御座、趕下你現在坐著的御座，被你關在皇宮地底下最深處的地牢裡的前任國王還活著？

你每天晚上聽著從地下傳來的咚咚聲努力想要解讀其中訊息卻徒勞無功。你不禁懷疑那其實只是你耳朵裡的聲音，或你激動的心跳聲，或是回想起浮出記憶、喚醒了恐懼跟內疚的某個節奏。夜間坐火車那一成不變的輪子匡噹匡噹聲在睡夢中化爲重複的話語，變成一首單調的歌曲。有可能，非常有可能每個聲波起伏在你耳中都是囚徒輓歌、受害者的詛咒、你沒能趕盡殺絕的敵人的威脅恫嚇……。

你要仔細聆聽，不能有須臾懈怠，可是你要說服自己這件事：你在聽的是你自己，那些幽魂的聲音其實在你心裡。你連自己都沒辦法說出口的某些話正拚了命地想要讓人聽見……。你不信？你要確切的證據證明你聽到的是來自你心裡，而非外界？

你永遠找不到證據的。因爲皇宮地牢裡的確關滿了犯人，他們是被罷黜的前任國王的追隨者、被懷疑圖謀不軌的大臣、因爲警察爲防患於未然定期掃蕩而遭到逮捕然後被遺忘在大牢裡的無名氏……。這些人日夜搖晃著手銬腳鐐、用湯匙敲擊鐵柵欄、發出抗議之鳴、吟唱煽動的歌曲，儘管你在牆壁和地板都裝了隔音設備，還在御座大廳掛上厚重的帷幔，但如果有些許迴音傳到你耳中應該並不令人意外吧。說不定之前讓你覺得有話要說的那段敲擊就是來自地牢，而且現在已經變成了一種低沉的嗡嗡聲。每座宮殿底下都有地牢，不是有活人被遺忘，就是有人死不瞑目。你用手捂耳朵也沒用，反正你還是會繼續聽到。

如果你不希望作繭自縛困住自己，就別再在皇宮內的聲響上鑽牛角尖了。離開吧！逃跑吧！翱翔吧！城市在皇宮外綿延，那是一國之都，你所統治的王國之都！你之所以當王並不是爲了擁有這座幽暗陰鬱的皇宮，而是爲了擁有變化萬千、五彩繽紛、喧鬧吵雜、有數千個聲音的這座城市。

在夜裡，這座城市躺著，蜷縮成一團，睡著了打鼾，在夢中咬牙切齒。有時光影流轉，從城市這端移到彼端。每天早晨大小鐘樓歡欣鼓舞地敲打著，有的鐘孤零零一聲接一聲，有的鐘則成排叮叮噹，都在傳送訊息，但你千萬別相信它實際上眞的要告訴你的那些話：鐘聲要告訴你的是死亡訊息，夾雜在風聲中，夾雜在激昂的舞曲中，跟歡樂鐘聲一起響起的是淒厲的嘶吼聲。你要聆聽的是城市的呼吸聲，可以是斷斷續續而急促的，也可以是平靜而深層的。

這座城市是你耳朵底端遙遠的鳴響，是各種聲音的絮語，是轟隆隆的車輪聲。當皇宮內一切靜止的時候，城市裡還在動，輪子在馬路上奔跑，馬路像車輪輻條一樣不斷前進，唱片在唱盤上轉動，唱針刮著老唱片，音樂出現後又消失不見，有一搭沒一搭的，舉棋不定，或出現在吵雜的車道上，或隨著吹動煙囪扇葉的風在空中飄。這座城市是一個輪子，而輪軸就是你待著動也不動、豎耳聆聽的那個位置。

夏天的城市會從皇宮敞開的窗戶飛進來，帶著家家戶戶敞開的門窗和聲音、哄笑、哭泣、電鑽及收音機節目的聒噪聲飛進來。你站到陽台上也沒用，從高處眺望著屋頂，你根本認不出自加冕後就再也沒走過的那些路，那天你領著官員在旗幟、彩帶和警衛隊間前進的時候，就已經覺得一切都很陌生、遙不可及了。

夜晚的涼風吹不到御座大廳，但你可以從傳入耳中的夏夜窸窣聲認出來。你最好放棄走到陽台這個想法：除了被蚊子咬之外你什麼好處都沒有，除了像貝殼放在耳朵上會聽到的隆隆聲所代表的那一切，你什麼都學不到。這座城市跟渦形貝殼一樣，或跟耳朵一樣，留住了一整個海洋的聲音：你若專心聽海浪的聲音，就會忘記皇宮、城市、耳朵，還有貝殼。

在城市的聲響裡，你偶爾會聽出一段合弦、一串音符、一個旋律：昂揚的軍樂聲、宗教儀式中吟誦讚美詩、小學生合唱、出殯哀樂、抗議遊行隊伍唱起革命的歌曲、軍隊一邊驅趕遊行人士一邊唱著向你致敬的歌好蓋過反對者的聲音、一家商店以最大音量用擴音器放送舞曲好證明全城仍過著幸福生活、一群女子爲衝突中喪命的死者低吟輓歌。這就是你聽到的音樂。這能叫做音樂嗎？你繼續從每一個聲響片段擷取暗號、資訊、線索，彷彿城裡所有樂器彈奏或歌唱或唱片播放都是爲了告訴你精確無誤的訊息。從你登上王位開始你聽到的就不再是音樂，而是音樂的用處：在上流社會的典禮場合裡，或爲了娛樂大眾，爲了守護傳統、文化與時尚。此刻你自問，純粹爲了陶醉在音符中聽音樂對你而言是什麼意思。

曾經只需要用嘴唇或在腦袋裡哼一句「叭啦叭啦叭」就可以讓你很開心，不管你模仿的是簡單小曲或複雜交響樂中的一個旋律。你現在想要哼一句「叭啦叭啦叭」卻哼不出來，因爲你腦袋裡想不起任何一段旋律。

曾經有一個聲音、一首歌、一個女子的聲音偶爾會隨著風飄進某個敞開的窗戶傳到你這裡來，曾經有一首情歌會在夏日夜晚隨著風陣陣吹來，你才剛以爲捕捉到幾個音符它卻已經飄散，你並不確定自己是眞的聽見了，不只是想像，也不只是渴望，或是在你漫漫無眠的噩夢中夢到一個女子在唱歌。原來你一心默默等待的是這個：有一天讓你豎起耳朵的不再是害怕。你回頭聽這首歌，從那曾經被音樂拋棄的城市傳來，現在每個音符、音色、修飾都清晰可辨。

許久以來沒有任何東西可以引起你注意，或許是因爲許久以來你的力氣都花在奪取王位上。但是當時將你吞噬的那份狂熱，而今你只記得一心要打敗敵人的盛怒之氣，讓你在那時候什麼都不想，什麼都不渴望。那時候縈繞不去的念頭是死亡，日日夜夜，一如你現在爲了壓制醞釀中的叛亂下令宵禁，在黑暗中、在死寂中窺伺這座城市，聽著巡邏隊的腳步聲在空蕩蕩的街道上迴盪。當那站在黑漆漆的窗檯前、隱去身影的女子放肆地在黑暗中唱起歌，你突然回想起人生的種種牽掛，你的渴望也找到了目標：是什麼呢？不是你已經聽過太多遍的那首歌，也不是你從未謀面的那個女子。那個聲音之所以吸引你，是因爲它是在歌曲中的聲音。

那個聲音來自一個人，獨一無二的人，跟所有人一樣無法複製的人，但聲音不是人，聲音是飄浮在空中的，跟事物的牢固性是分開的。聲音也是獨一無二、無法複製的，不過跟人不太一樣。人跟聲音很可能並不相像，或之間的相像是很隱諱的，剛開始是無法察覺的：聲音很可能是一個人最隱密也最眞實的一面。所以是一個沒有軀體的你在聆聽沒有軀體的聲音？那麼你是眞的在聽或是回憶或是想像，就都沒有差別了。

但你希望感受到那聲音的是你的耳朵，也就是說吸引你的不只是回憶或幻想，而是喉嚨的振動。聲音代表的是：一個有喉嚨、有胸腔、有感情的活著的人，將一個跟其他聲音都不同的聲音推向空中。發聲要用到小舌、唾液、童年、人生的浮光掠影、內心的企圖、讓聲波擁有自己輪廓的樂趣。吸引你的是這個聲音存在所展現的樂趣：人因聲音而存在，但樂趣在於讓你想像一個人與另外一個人之間是多麼不同，跟聲音一樣。

你在想像唱歌女子的模樣嗎？不管你在幻想中賦予她怎樣的面貌，她的聲音面貌肯定更豐富。你一定不希望失去那聲音內含的任何一個可能性，所以你還是留住聲音就好了，請克制你跑出皇宮去城裡大街小巷尋找那唱歌女子的慾望吧。

其實留不住你。一部分的你已經奔去尋找那不知名的聲音了。既然她樂於被人聽見，你也希望你的聆聽能被她聽見，你希望你也是聲音，像你聽見她一樣被她聽見。

可惜你不會唱歌。你要是會唱歌或許你的人生會截然不同，會更快樂，或更悲傷，但是是不同的悲傷，一種比較和緩的憂鬱。或許你就不會想要當國王，現在也就不會坐在這裡，坐在這吱吱嘎嘎的御座上，窺伺著幢幢黑影。

說不定你眞實的聲音埋藏在你自身的底層，那首歌無法衝破你閉鎖的喉嚨、沒有感情的緊閉的唇。或者應該說你的聲音在城裡到處遊走，低語中你的語氣聲調處處可聞。沒有人知道的你，你的過去，你的未來，都將透過那聲音洩露出來。

試試看，集中精神，召喚你神祕的力量。就是現在！不對，這樣不行！再試試看，不要灰心喪志。再來，就是現在：奇蹟發生了！你不敢相信你的耳朵！那個熱情飛揚、抑揚起伏、跟她銀鈴般清脆聲音相呼應的男中音是誰？是誰在跟她二重唱，宛如兩張有著同樣心意的互補對稱的臉？不用懷疑，是你在唱，這是你的聲音，你終於可以毫無隔閡坦然自在地聆聽了。

如果你的胸口縮著，嘴巴閉著，這些音符是從哪裡挖出來的呢？你一直認爲那城市是你身體的延伸，那麼國王的聲音如果不是從他治理的國度之都傳出來還會從哪裡傳出來呢？用你直到此刻爲止成功捕捉並跟隨那陌生女子歌聲的靈敏聽覺，將千百個聲響的片段聚集起來，合爲一個獨特的聲音，專屬於你的聲音吧。

讓你的聽覺摒除一切雜音與雜念，集中精神：那呼喚著你的女子聲音和呼喚著她的你的聲音你應該要將兩者並列為你聆聽的目標（還是你要稱之為聆聽的視野？）就是現在！不對，還沒有。不要放棄，再試一次。再過一會兒她的聲音和你的聲音會彼此唱和然後融為一體，讓你從此無法分辨……。

可是有太多聲響重疊交錯了，狂熱的、尖銳的、兇猛的，她的聲音被入侵外在世界的死亡巨響所淹沒，或許那巨響也在你心裡迴盪。你失去了她，你自己也迷失了，置身於聲響空間中的那部分的你現在在宵禁巡邏隊的追逐下在路上狂奔。聲音世界是個夢，或許如夢一般只存在了幾秒鐘，永存的只有外在的惡夢。

但你畢竟是王，如果要找一個住在首都內的女子，而且可以從她的聲音認人，你一定找得到。派出你的情報人員，下令他們挨家挨戶巡查吧。問題是誰認得那個聲音？只有你。除了你之外沒有人能執行這個搜查任務。結果你好不容易有一個願望想要實現，卻發現身為國王一點用都沒有。

等等，別急著退縮，做為國王可運用的資源很多，你難道不能從制度面設法得到你要的嗎？你可以宣布舉辦歌唱大賽，國王下令國內所有女性同胞歌喉美妙者皆需進宮來。這同時也算是聰明的政治計謀，既可以安撫動亂時期的民心，也可以修補老百姓跟皇室的關係。你不難想像那個畫面：在這布置成比賽現場的大廳裡，有舞台、有樂隊、有宮廷裡的俊男美女，而你不動聲色地坐在御座上，以公正評審應有的專注神情聽著每一個高音、每一個啘嗚，然後你突然舉起權杖，宣布說：「是她！」

怎麼可能認不出她呢？跟所有那些平常爲國王唱歌的聲音相比，她是多麼與眾不同，在這水晶吊燈照亮的大廳裡，在棕櫚樹伸展的掌狀葉間，你看過多少爲慶祝你的登基週年紀念日而舉辦的音樂會，每個聲音都知道有國王在聆聽，總是多了一份冷漠、制式的討好。但那個聲音卻是從陰影處傳出來的，能夠展現自己已經很高興了，不需要從躲藏的黑暗中現身，跟籠罩在同一黑暗中的每個人攀關係。

你確定出現在御座階梯前面的會是同一個聲音？她不會試圖模仿宮廷樂手的聲調吧？她不會跟你閒來無事豎耳聆聽的那些經過你恩准的聲響混淆不清嗎？

唯一能促使她現身的方法就是讓她聽到你的眞實聲音，聽到你從城市的聲響風暴中召喚而來的你的聲音幻影。只要你開口唱，把你從未展現在大家面前的聲音釋放出來，她會立刻認出你眞實身分，而她的聲音將與你眞正的聲音合而爲一。

會有一陣驚嘆在宮中傳開來：「國王唱歌……你們聽國王的歌聲……。」但不論國王說什麼或做什麼都要謙卑聆聽的良好教誨很快就取而代之，大家的表情及手勢都極有分寸地表達出讚許之意，彷彿在說：「陛下的歌聲眞適合唱抒情曲……」，而且大家都同意一展歌喉是君王的特權之一（儘管在背後低聲嘲笑辱罵）。

總之，你高歌一曲，但沒有人聽，沒有人聽見你，聽見你的歌，你的聲音：大家聽的是國王，以國王該被聆聽的方式聆聽，像接收上級指令，而那是在上位者與在下位者之間的不變關係。包括她，你的歌聲唯一的對象也聽不見你，她聽到的不是你的聲音，她僵硬地行禮如儀、掛著規定的微笑以掩飾先入爲主的拒絕，她聽見的是國王。

你每次離開這個牢籠的努力都註定失敗，在不屬於你的世界，或許根本不存在的世界裡尋找你自己，只是徒勞無功。你只擁有皇宮、華而不實的穹頂、輪值的哨兵、履帶吱嘎響的坦克車、隨時可能宣布你的時代結束的那些踏在階梯上的激昂腳步聲。這些是世界跟你說話的唯一徵兆，千萬不能有片刻分心，你一失神，你在身邊建構起來、承載並監視你的憂懼的這個空間就會摧枯拉朽化爲塵煙。

你做不到？在你耳中迴盪的是全新、沒聽過的聲音？你再也無法分辨這些喧囂是來自皇宮外還是皇宮內？也許再也沒有內外之別了：當你專注於聆聽聲音的時候，那些謀反者利用警戒鬆懈已經發動了政變。

圍繞著你的不再是皇宮，而是暗夜裡的尖叫與槍聲。你在哪裡？你還活著嗎？殺手闖入御座大廳的時候你逃脫了嗎？那條祕密樓梯帶你逃出皇宮了嗎？

全城陷入火海與吶喊中。黑夜整個炸開，自行翻攪起來，黑暗和寂靜往裡衝，把一陣陣火光及哭號往外拋。整個城市像一張燃燒的紙蜷縮起來。你狂奔，沒有皇冠，沒有權杖，沒有人知道你是國王。沒有哪一夜比失火的那一夜更黑暗，沒有人比在哀號人群中奔跑的那個人更孤獨。

鄉間的夜守著城市的苦難。夜鶯啼叫跟警報聲一起傳開來，可是離城牆漸遠後就消散在風吹樹梢、溪流潺潺、處處蛙鳴的黑夜窸窣聲中了。空間在夜的寂靜中膨脹，所有事情都是短暫的火花，點燃後就熄滅：樹枝折斷撲通落地，睡鼠因爲蛇爬進窩來吱吱尖叫，兩隻互有愛意的貓向對方叫囂挑釁，一堆石頭崩落在你逃跑的腳邊。

喘息，喘息，黑色夜空下似乎只聽到你喘息的聲音，你踉蹌腳步下的樹葉沙沙聲。爲什麼蛙鳴停了？喔，牠們又開始了。有一隻狗在吠……。別動。狗吠聲又從遠處傳來。你在漆黑中走了好久，完全不知道自己究竟身在何處。豎起耳朵。有人跟你一樣在喘息。在哪裡？

夜晚處處是呼吸聲。低低的風從草地吹起。四面八方的蟋蟀叫聲從未停歇。你如果把一個聲音從其他聲音中孤立出來，它會突然間變得好純淨。其實它原本就在，只是躲在其他聲音之間。

你之前也在。現在呢？你不知道怎麼回答。你不知道這些呼吸聲中哪一個是你的呼吸。你再也不知道該如何聆聽。再也沒有人會聆聽其他人。只有夜聽著她自己。

你的腳步隆隆作響，抬頭看到的不再是天空，你摸到的壁面覆蓋著一層青苔、一層霉。你四周是岩石，光禿禿的大石頭。如果喊，你的聲音會反射回來：「喂欸欸……喂欸欸……」。你可能走進一個山洞裡了。那是一個沒有盡頭的洞穴，是一條地下通道……。

多年來你讓人在皇宮下挖地道，有支道可以通往鄉間……。你原是想確保自己可以到任何地方去而不被看見，覺得唯有在地底深處才能夠統治你的王國，但後來你棄置不顧任憑地道坍塌。沒想到你現在卻在自己的巢穴中避難，或應該說被你自己設的陷阱捕獲。你自問是否能找到離開這裡的路。離開。去哪裡呢？

有敲打聲。在洞穴裡。低沉，有節奏。是暗號！是從哪裡傳來的呢？那拍子你很熟，是那個囚犯的呼喚！你回答，也敲打著岩壁，大喊。你應該還記得，這地道通往囚禁國家要犯的牢房……。

對方不知道你是誰，是來劫獄的還是獄卒？或者是迷失在地道裡，跟他一樣對城裡攸關自己生死的戰事一無所悉的傢伙？

他既然可以在牢房外自由行動，就表示有人拿下了他的手銬腳鐐，打開了牢門，告訴他說：「篡位者下台了！你可以重掌政權，重新擁有皇宮了！」但事情有了轉折。警報響起，皇家軍隊反擊，劫獄的人從地道跑走了，丟下他一個人。他一定也迷路了。在這石拱地道裡不見半點光，也聽不到上面發生什麼事。

現在你們可以講話，傾聽，辨識對方的聲音了。你會告訴他你是誰嗎？你要告訴他你認出了他是被你關在牢裡多年的那個人嗎？是你聽著他詛咒你的名，誓言復仇？而今你們兩個都迷失在地底，不知道誰是國王誰是囚犯。不管了，你覺得這一切並沒有什麼不同：你覺得一直被關在這裡的其實是自己，對外傳送著暗號⋯⋯。你覺得你的一生跟他一樣，飄飄蕩蕩。你們二人其中一個要留在這下面⋯⋯，另外一個⋯⋯。

或許待在下面的他一直覺得自己在上面，坐在御座上，頭戴皇冠，手持權杖。而你呢？你不是一直覺得自己是囚犯嗎？如果你們覺得聽到的不是另一人說的話，而是自己的話變成回音重複，那麼你們之間要如何對話呢？

你們其中一個快要得到救贖，另一個則即將面臨毀滅。可是一直如影隨形的焦慮在此刻卻消失不見。你聽著轟隆隆和窸窸窣窣的聲音卻再也不想去區分或解讀，就讓它們交織成音樂吧，會帶你回想起那陌生女子聲音的音樂。你是在回想，還是眞的聽到了她的聲音？沒錯，是她，是她的聲音改變了那音樂的主旋律，變成了石拱下的呼喚。說不定她在這末日夜晚也迷了路。回答她啊，讓她聽見你的聲音，呼喚她，好讓她在黑暗中找到方向與你相遇。你爲何沉默？偏偏在這個時候你沒了聲音？

黑暗中傳來另一聲呼喚，來自那個囚犯發話的地方。那聲呼喚清晰可辨，回答那女子，但那是你的聲音，是你當初爲了回應她而賦予了輪廓的那個聲音，在城市各種聲響中吸引了她的注意，是你在御座大廳的寂靜中傳出去找她的那個聲音！那個囚犯唱著你的歌，彷彿他這輩子只會唱歌，彷彿世界上只有他唱過那首歌……。

換她回答了。兩個聲音交會、交疊、交融，就像那一夜你在城裡聽到的那樣，但你知道那天跟她合唱的是你。現在她一定已經找到他了，你聽著他們的聲音，也就是你們的聲音，一起漸行漸遠。你不需要追，那兩個聲音變成低語，變成絮語，然後消散。

你如果抬頭會看到微光。即將來臨的早晨照亮了天空，吹在你臉上的是撥動樹葉的風。

你又來到戶外，狗在吠，小鳥剛睡醒，色彩重新潑灑在世界的表面，萬物再度占據了空間，生命體繼續展現生命力。你當然也在，在從四面八方揚起的熙攘聲響中，在潺潺的流水聲中，在活塞的跳動聲中，在齒輪的運轉聲中。在某個地方，在某個大地的褶皺裡，城市甦醒了，一陣乒乒乓乓、叮叮噹噹、吱吱嘎嘎，越來越大聲。然後一聲轟隆，一聲巨響，占據了所有空間，吸納了所有的呼喚、嘆息與啜泣……。

譯註：

① 經紗，希臘神話中的生命之線，命運女神以此操控人的生命歷程。

年表

此一年表是由巴冷齊①及法切托②爲蒙達多利出版社③子午線叢書（Meridiani）一九九一年出版的卡爾維諾《長篇與短篇小說》全集所編寫。

「關於生平事蹟，我是屬於克羅齊那一派，認爲作者價値是在於作品的人（如果有價値的話）。所以我不提供生平事蹟，不然就給假的，再不然我會想辦法東改一點西改一點。所以你有什麼想知道的儘管問我，我會告訴你。但我絕不會告訴你事實，這點你可以放心。」（給波提諾④的一封信，一九六四年六月九日）

「每次我回顧自己被定型、被客體化的一生就覺得焦慮，尤其看到那些資料還是我提供的

（……）。用不同的話語訴說同樣的事，我希望的是迴避我跟自傳之間的緊張對峙關係。」（給米拉尼尼⑤的一封信，一九八五年七月二十七日）

一九二三年

十月十五日，卡爾維諾出生於古巴哈瓦那的聖地牙哥．得．拉斯維加斯（Santiago de las Vegas）。父親馬里歐，出身義大利桑雷莫（San Remo）的古老家族，是農學家，在墨西哥住了二十多年後來到古巴，負責一個農業實驗中心，並擔任一間農業學校負責人。母親艾薇琳娜．馬美利（Evelina Mameli）是薩丁尼亞首府薩薩里（Sassari）人，大學就讀自然科學系，在帕維亞大學擔任植物學研究助理。

「我母親是個十分嚴肅、素樸、一絲不苟的女子，無論是對她的理念，或對大小事情態度都一樣。我父親也是個嚴肅、脾氣不好的人，但他的嚴肅裡多了大吼大叫、亂發脾氣、時好時壞。我父親比較適合當小說人物，因爲他雖然對家鄉里古利省⑥十分依戀，卻又環遊世界，而且還經歷了英雄人物派其奧．維拉⑦參與的墨西哥革命。他們兩個人的個性都很強，也很鮮明（……）。作爲子女唯一的自保方式（……）就是啓動防衛系統。但這麼一來也會造成損失：所有父母可以傳授給子女的知識，有部分就遺失了。」（RdM 80，〈如果在秋夜一個作家〉，1980）

一九二五年

卡爾維諾全家搬回義大利。返回祖國定居早在計畫中，因爲長子伊塔羅．卡爾維諾出生才延後。而卡爾維諾本人並未保留這個純屬偶然、名字有點冗長的出生地，一律稱自己爲里古利人，或更精確地說，是桑雷莫人。

「我生長的小鎭跟義大利其他地方很不一樣，至少在我小時候是如此：桑雷莫當年有很多老一輩的英國人、俄國貴族，還有奇奇怪怪、抱持世界主義⑧的人。我家不管在桑雷莫，或在當時的義大利都顯得很格格不入：全家都是科學家，愛好大自然，自由思想家

（……）。我父親（……）來自信奉馬志尼⑨、共和制、反教權、共濟會⑩的家庭，年輕時是克魯泡特金⑪無政府主義者，後來是改革派社會主義者（……）。我母親（……）家沒有宗教信仰，相信文明與科學，在一九一五年是主戰的社會主義者，但始終堅守和平信念。」（Par 60，《謬論》，1960）

卡爾維諾一家在子午線別莊（Villa La Meridiana）及祖傳的鄉下小屋兩邊住。有來自世界各地（包括非歐洲國家）的年輕人，到他父親主持的萊蒙朵（Orazio Raimondo）花卉實驗中心學習。桑雷莫的加里波底銀行倒閉後，他父親提供別莊的花園做研究及教學用。

「在我家只有從事科學研究才有地位。我舅舅是化學家，在大學教書，娶了一位化學家。其實我有兩個化學家舅舅都娶了化學家舅媽（……）。我是家中敗類，唯一一個念文學的。」（Accr 60，阿克洛卡編著，1960）

一九二六年

「我人生的第一個記憶是黑衫軍棒打一名社會黨人士（……）。這個記憶應該跟一九二六年有人企圖暗殺墨索里尼後，黑衫軍最後一次用短棍有關（……）。但除了這個最初的童年記憶外，之後所見所聞，都是對文學的渴望。」（Par 60）

他父母都反對法西斯。但他們對這個極權政府的批評漸漸轉為對政治的不滿：「說法西斯壞話跟在政治上表態反法西斯之間的界線幾不可見。」（Par 60）

一九二七年

念聖喬治學院附設幼稚園。弟弟佛洛里亞諾（Floriano）出生，後來成為享譽國際的地理學者，在熱內亞大學任教。

一九二九至三三年

就讀瓦勒度（Valdesi）小學。法西斯政府要求青少年加入法西斯童軍團⑫的強制規定也擴及私立學校，所以高年級的卡爾維諾也不例外。

「我的童年經驗並不悲情，我的生活很富裕、平靜，我認識的世界是五彩繽紛的，有很多細微差別，但不至於發生激烈衝突。」（Par 60）

一九三四年

卡爾維諾通過入學考，進入卡西尼（G. D. Cassini）中學就讀。他父母不讓子女接受宗教教育，在公立學校要求免上宗教課、不參加禮拜儀式，是十分驚世駭俗的舉動。這也讓卡爾維諾在某些方面覺得自己跟別人不同：「我並不覺得這對我有害，漸漸也就習慣了有所堅持、爲了對的事被孤立，並忍受隨之而來的不自在，在某些立場不被大多數人認同的時候找到正確的方向。更重要的是我學會對別人的意見保持寬容，尤其是在宗教議題上（……）。同時完全沒有那些在神父包圍下長大的小孩的反宗教情結。」（Par 60）

一九三五至三八年

「閱讀一本眞正的書的第一次眞正的快樂，我很晚才有所體會。我那時候大概已經十二、三歲了，看了吉卜林⑬的《叢林奇譚》及《叢林奇譚二》（尤其重要）。我不記得那是學校規定的讀物還是我收到的禮物。從那時候開始，我就在書堆裡尋找，尋找閱讀吉卜林的那種快樂是否還會再度出現。」（未出版手稿）

除了文學作品外，少年卡爾維諾也很愛看幽默漫畫雜誌（《貝托鐸》⑭、《馬考雷利歐》⑮、《瑟特貝洛》（*Settebello*）），深深受到與獨裁政權的浮誇背道而馳的「嚴謹的嘲諷精神」吸引（Rep 84）。他也畫插畫和漫畫，熱愛電影。「有幾年的時間我幾乎每天都去看電影，甚至一天看兩場。時間差不多是一九三六年到大戰期間，也就是我的青少年期。」（As

74，〈觀眾自傳〉，1974）

不過對卡爾維諾那一代而言，青少年階段注定要提早結束，而且結束得十分戲劇化。「我開始享受青春、社交、異性、書本的那個夏天，是一九三八年，隨著張伯倫、希特勒和墨索里尼簽署慕尼黑協定而結束。里古利海邊的『美好時代』也結束了（……）。大戰開打後，桑雷莫不再是百年來各國人士的集居地（而且永不得翻身：戰後桑雷莫變成了米蘭到都靈之間的偏遠郊區），恢復了原本的里古利古老小鎮風貌。悄悄地隨之改變的，還有視野。」（Par 60）

一九三九至四〇年

對自己的思想立場猶豫不決，搖擺在重拾好辯的暴躁地方特質，走「方言」路線，或是混沌的無政府主義之間。「直到二次大戰爆發前，我都認爲這個世界有不同層次的道德、習俗，但彼此互不牴觸，而是並排共列（……）。這樣一副景象並沒有等級上的選擇問題，跟

現在不同。」（Par 60）

他寫短篇、寓言，也寫劇本。「我在十六到二十歲的時候，夢想自己可以變成劇作家。」（Pes 83，佩薩羅）他還模仿蒙塔雷⑯風格寫詩：「從青少年時期，蒙塔雷就是我心目中最偉大的詩人，直到現在仍是如此（……）。再說我跟他一樣都是里古利人，所以我學會透過蒙塔雷的書去認識家鄉的景物。」（D'Er 79，德拉莫）

一九四一至四二年

卡爾維諾高中畢業（因為戰爭緣故，所以取消了畢業考）後，就讀都靈大學農業系，他父親在那裡教熱帶農業。考完一年級的四科考試，他卻始終沒辦法融入大都會及大學生活。就連法西斯大學團⑰逐漸在校園掀起的騷動不安他也置身其外。但在人際關係上，跟艾烏哲尼歐・斯卡法利⑱（兩人原本就是中學同學）的友誼卻有很重要的進展，開啓了他對文化及政治尚未成熟但十分濃厚的興趣。

「透過跟艾烏哲尼歐的書信往來，以及暑假期間的討論，我慢慢開始注意反法西斯祕密思潮的崛起，對於自己要看什麼書，也有了比較清楚的方向：赫伊津哈⑲、蒙塔雷、維多里尼⑳、皮薩卡內㉑。那幾年的文學創作顯示出我們在道德——文學教育上的失序。」（Par 60）

一九四三年

一月，卡爾維諾轉學到翡冷翠大學的農業森林系，完成三科考試。他的政治傾向越來越明確了；七月底跟朋友一起舉杯慶祝墨索里尼辭職下台（Scalf 85）。九月八日㉒後為了躲避偽政府薩洛共和國㉓徵兵，卡爾維諾躲藏了數個月。根據他自己的說法，這段期間的孤獨及大量閱讀，對他投入寫作有至深的影響。

一九四四年

在得知一名年輕醫生、也是共產黨員卡修內（Felice Cascione）在戰事中身亡後，卡爾維諾要求一個朋友推薦他加入義大利共產黨，隨後跟年僅十六歲的弟弟一起加入卡修內命名為「加里波底」的突擊軍第二隊，在濱海阿爾卑斯山脈一帶活動，長達二十個月的時間，這裡是義大利游擊隊與法西斯、納粹浴血奮戰的舞台。卡爾維諾的父母親遭德國人監禁，長期被當作人質，拘禁期間展現出無比堅定的勇氣。

「我之所以選擇共產主義，並不是出於意識形態的認同。其實我覺得這一切需要從零開始，所以我自詡爲無政府主義者（……）。主要是因爲我覺得在那個時刻最有用的就是採取行動，而共產黨是當時最積極、最有組織的力量。」（Par 60）

游擊隊經驗對卡爾維諾的人格養成十分關鍵，其次是他的政治養成。尤其是抗戰期間激勵游擊隊員的某種精神讓他覺得是絕佳典範，那就是「面對突如其來的危機與困難都能夠克服的態度，其中包括，對自己好戰立場的堅定不移既自傲又懂得自我解嘲，執行合法政權的精神以及對執行過程中的艱辛處境自我解嘲，表情有時候是猙獰的，有時候是自鳴得意的，但始終不變的是慷慨赴義，而且急著讓自己成爲慷慨赴義的目標。過了這麼多年，我必須說，這個精神讓游擊隊員做到了他們所做的那些美好的事，直到今天，如果想要在充滿衝突的現實世界中遊走，那樣的態度眞是無與倫比。」（GAD 62，《走過困難年代的那一代》，1962）

卡爾維諾參與游擊隊的時間並不長，不過從任何角度來看，都過得很充實。「這一年我的人生是一個接著一個的災難（……）。我經歷了一連串難以描述的困難與艱苦，我嘗到了牢獄和逃亡的滋味，好幾次死裡逃生。但我對自己所做的一切、所累積的經驗資本很滿意，其實我還想要更多。」（給斯卡法利的一封信，一九四五年六月六日）

一九四五年

墨索里尼的薩洛僞政權垮台，義大利重獲自由後，展開了卡爾維諾思想的「自覺史」，即便在他活躍於義大利共產黨內期間，仍持續思索共產主義與無政府主義之間的不安關係及個人關係。與其說共產主義與無政府主義者兩個名詞勾勒出明確的思想前景，不如說它們其實指出了兩個互補的理念訴求：「人生的眞實面貌會超越制度的死板箝制，發展出它應有的豐富性」，而且「世界的豐饒不該被濫用，應該加以組織，並依照此刻及未來的人類福祉需求善加利用。」（Par 60）

爲協助從戰場返鄉的士兵復學，大學提出學分減免政策，卡爾維諾九月在都靈大學註冊，插班義大利文學系三年級，並搬到都靈定居。「都靈（……）對我而言（至少在當時是如此），是勞工運動和思潮匯集的地方，形成了一種氣候，不僅包羅傳統的菁華，也有對未來的展望。」（GAD 62）

卡爾維諾是尹佩里亞縣共產黨的活躍黨員，替數家期刊寫稿，其中包括《民主之聲》（義大利解放委員會[24]的官方刊物）、《我們的戰鬥》（義共在桑雷莫的黨團機構刊物）、《加里波底軍》（抗德戰士卡修內分隊刊物）。

卡爾維諾跟帕維斯[25]變成了好朋友，帕維斯不僅是卡爾維諾的第一個讀者（「我每寫完一則短篇，就跑去找帕維斯讓他看。他死的時候，我本以爲少了這個理想讀者的指點，從此再也沒有辦法書寫了。」（DeM 59，德．莫提切利訪問），也是嚴肅認眞態度及嚴謹道德觀的典範，讓他調整書寫風格，甚至行爲舉止。帕維斯將卡爾維諾的短篇〈焦慮〉（Angoscia）推薦給穆謝塔㉖主編的文學雜誌《耶瑞蘇瑟》（*Aretusa*），於十二月號刊登。他的另一篇文章〈貧瘠而瘦骨嶙峋的里古利〉（Liguria magra e ossuta）也於十二月刊登在維多里尼創辦的《綜合工藝》上，二人的合作關係於此展開。

「我開始寫作的時候，看過的書並不多，說起來我是靠自修的人，而『修』這件事當時還沒開始。我的養成教育是在戰爭期間完成的。我閱讀了義大利各家出版社的書，以及跟《露台》雜誌㉗合作的所有作家的作品。」（D'Er 79）

一九四六年

卡爾維諾開始「繞著艾伊瑙迪出版社㉘打轉」，幫忙賣分期付款的套書（Accr 60）。在不同報紙及期刊（《統一報》㉙、《綜合工藝》）上發表短篇，後集結成冊爲《最後來的是烏鴉》（*Ultimo viene il corvo*）出版。五月開始在《統一報》上寫專欄〈當代人物〉。十二月底以短篇〈地雷區〉（Campo di mine）（跟另一位作家文圖利㉚並列第一）贏得《統一報》熱內亞分社頒發的抗戰文學獎首獎。在帕維斯及文學評論家費拉塔㉛的建議下撰寫長篇小說，近十二月底完成。那是他出版的第一本書《蛛巢小徑》（*Il sentiero dei nidi di ragno*）。

「寫作在今天是最可憐又刻苦的職業，我住在都靈一個冰冷的閣樓裡，勒緊腰帶，等待爸爸匯錢給我的同時，只能靠每個星期幫雜誌寫稿賺的幾千里拉過活。」（Scalf 89）

一九四七年

「甜蜜又尷尬的『重婚』生活」是卡爾維諾唯一的生活奢華，因為他的生活中「只有工作，為了我的目標繃緊神經」（Scalf 89）。期間他還完成了大學學業，畢業論文研究的是英國作家康拉德㉜。

帕維斯將《蛛巢小徑》介紹給艾伊瑙迪出版社，在「珊瑚」（I coralli）叢書出版，反應平平，獲得了麗裘內文學獎（Premio Riccione）。

卡爾維諾在艾伊瑙迪出版社換到新聞及廣告部工作。在都靈的艾伊瑙迪出版社總部裡，總有隸屬不同政黨和意識形態支持者在激烈辯論，卡爾維諾在這裡交的朋友、思想論證的對象不只是作家（帕維斯、維多里尼、納塔莉亞．金茲伯格㉝），還有歷史學家（康提墨利㉞、文特利㉟）及哲學家，如博比歐㊱、巴博㊲。

夏天，卡爾維諾以義共代表身分前往布拉格參加世界青年節（Festival mondiale della gioventù）。

一九四八年

卡爾維諾離開艾伊瑙迪出版社，至《統一報》都靈分社擔任文化版主編，時間為一年左右。同時他開始跟共產黨週刊《重生》（*Rinascita*）合作，發表短篇小說及文學評論。

一九四九年

八月前往布達佩斯參加世界青年節，並在《統一報》上發表系列報導。寫了好幾個月的戲劇評論專欄〔「卡里尼亞諾宮首演」（Prime al Carignano）〕。夏天結束後便回艾伊瑙迪出版社任職。

《最後來的是烏鴉》短篇小說集出版。維多里尼給予負面評價的長篇小說〈白帆〉（Il Bianco Veliero）則未出版。

一九五〇年

一月受艾伊瑙迪出版社聘爲正式編輯，負責新聞部，同時擔任新系列叢書「科學與文學小圖書館」（Piccola Biblioteca Scientifico-Letteraria）的主編。朱利歐．艾伊瑙迪回憶說：「封面摺口及內容簡介是出自他、維多里尼及帕維斯的構想，爲義大利出版界創造了（……）

一種新風格。」

八月二十七日，帕維斯自殺，卡爾維諾大感意外：「我認識他這些年，他從來沒有過自殺傾向，但一些比較老的朋友是知情的。所以我對他的印象非常不一樣。我以爲他是個硬漢，是個強者，是個工作狂，非常有自信。選擇自殺，在日記中對愛情的吶喊和絕望，我是在帕維斯過世之後才發現他有這一面的。」（D'Er 79）十年後，卡爾維諾在追思文章〈帕維斯：是與做〉（Pavese：essere e fare）中對這位老朋友留下的精神及文學遺產做了很中肯的描述。但收錄與帕維斯相關文字、評論及他完整作品出版的計畫（根據卡爾維諾的資料記載），卻始終沒能實現。

艾伊瑙迪出版社正好面臨轉型：巴博辭職後，五〇年代初期的艾伊瑙迪團隊氣象煥然一新，新加入的成員有伯拉提㊳、柏林葛耶利㊴、彭克羅利㊵、索密㊶、佛亞㊷及卡瑟斯㊸。「我一生中最好的時光都奉獻給其他人的書，而不是我自己的書。但我很開心，因爲在我們生活的義大利，出版業是很重要的，而且能在全義大利出版界中的佼佼者那裡工作，算是很了不起的經驗。」（D'Er 79）

爲巴博和其他基督教左派人士（達米克[44]、德·諾奇[45]、摩塔[46]）所創辦的雜誌《文化與現實》（*Cultura e realtà*）寫稿。

一九五一年

社會寫實風格的長篇小說〈波河少年〉（**I giovani del Po**）歷經波折終於完成，卻等了很久才刊登在雜誌上（一九五七年一月到一九五八年四月間，在文學雙月刊《工廠》[47]連載），被視爲是未完成的一份研究紀錄。同年夏天一口氣寫完了《分成兩半的子爵》（*Il Visconti dimezzato*）。

十月、十一月間，卡爾維諾赴蘇聯旅遊（〈從高加索到列寧格勒〉）（**Da Caucaso a Leningrado**），爲期五十多天。相關系列報導（〈卡爾維諾的蘇聯之旅筆記〉）（Taccuino di viaggio in URSS di Italo Calvino）於隔年二、三月刊登在《統一報》，獲得聖文生新聞報導獎（Premio Saint-Vincent）。報導中他避開了一般意識型態的語言，捕捉蘇聯的眞實面向，尤其是日常生活中的小地方，突顯出當地積極樂觀的一面（「在這裡，社會像一個巨大的才華抽取機，每個人都會找到某種方式跳出來，展現自己或小或大的才華」），雖然某些地方有所保留。

卡爾維諾出國期間，他的父親過世（十月二十五日）。數年後，卡爾維諾在自傳體小說《聖喬凡尼之路》（*La strada di San Giovanni*）中回憶父親的形象。

一九五二年

《分成兩半的子爵》在維多里尼主編的「籌碼」（Gettoni）系列叢書出版，普獲好評，但在左派評論中引起迴異的反應。

五月發行《艾伊瑙迪新聞報》（*Notiziario Einaudi*）創刊號，由卡爾維諾編輯完成。同年第七期即由他接手擔任新聞報社長。

夏天，卡爾維諾跟《新聞報》（*La Stampa*）特派記者莫內利[48]一起前往赫爾辛基採訪奧運，爲《統一報》寫了一系列報導，附彩色照片。

「莫內利近視很嚴重，每次都是我跟他說：你看這個，你看那個。第二天我打開《新聞報》，發現他把我跟他說的全都寫了出來，而我自己卻辦不到。於是我決定放棄記者生涯。」（Nasc 84，納西本尼訪問）

在《暗店》㊾（由巴薩尼㊿主編的羅馬文學期刊）發表短篇小說《阿根廷螞蟻》（*La formica argentina*）。繼續與《統一報》合作，撰寫各種文章（從未集結出版），包括文學、報導文學、社會寓言故事。同年年底，《馬可瓦多》（*Marcovaldo*）最初幾篇陸續發表。

一九五三年

在〈白帆〉及〈波河少年〉後，卡爾維諾嘗試另一個宏觀視野的作品〈皇后的項鍊〉（La collana della regina），那是「寫實─社會關懷─弔詭─戈果里風格的一個作品」，背景是在勞工城市都靈，但並未發表51。

在羅馬發行的《新議題》期刊52上發表短篇小說〈前衛主義者在蒙頓〉（Gli avanguardisti a Mentone）。

一九五四年

開始爲畢冷齊53、薩里納利54、特隆巴多利55主導的《當代》周刊（*Il Contemporaneo*）寫稿，持續了近三年時間。

在「籌碼」叢書出版《宣戰》（*L'entrata in guerra*）。

《義大利童話故事》（*Fiabe italiane*）編纂計畫定案，卡爾維諾從十九世紀彙集的民間傳說中篩選、謄寫來自全義大利各地的民間故事兩百則，另寫導讀及評注。在前期籌備工作中，他借重人類學家柯奇亞拉（Giuseppe Cocchiara）的協助，在「千禧年」系列叢書中出版了一套《經典童話集》（*Classici della fiaba*）。

卡爾維諾採訪第十五屆威尼斯影展，開始跟《新電影》（*Cinema Nuovo*）雜誌合作，持續了數年。常去羅馬，從這時候開始，他大部分時間都待在羅馬。

一九五五年

從一月一日起，卡爾維諾在艾伊瑙迪出版社擔任主管，直到一九六一年六月三十日止。之後續出任出版社顧問。

在《比較。文學》[56]雜誌上發表〈獅心〉（Il midollo del leone），這是他系列論述的第一篇，釐清他自己的文學理念跟當時文化主流之間的關係。

跟他展開對話的幾個比較凶悍的權威人士，被卡爾維諾稱爲黑格爾－馬克思流派的人有：卡瑟斯（Cesare Cases）、索密（Renato Solmi）、佛提尼[57]。

有數年時間與女演員德．喬琪[58]過從甚密。

一九五六年

《義大利童話故事》出版，十分成功，更奠定了卡爾維諾「寓言作家」的身分（但有數位文學評論家對於他以理論角度切入，抱持相反態度）。

完成獨幕劇《長凳》（La panchina），由李貝洛維奇[59]譜曲，於十月在貝加摩（Bergamo）的董尼采第劇院演出。

加入普拉托里尼小說《梅特洛》[60]的論戰，並寫了一封信給作者，刊登在《社會》（*Società*）雜誌上。最後發表的評論文章之一是寫帕索里尼，發表在《當代》周刊上，與大部分的左派評論意見相左。

蘇聯共產黨召開第二十次代表大會，短暫帶來寫實社會主義[61]轉型的希望。「我們義大利共產黨員都有精神分裂。沒錯，這個名詞我想我並沒有用錯。我們一方面想要當事實的見證人，替弱勢、被欺壓者所受的委屈復仇，站在正義的一方對抗強暴。另一方面，我們又替不公、強暴、一黨獨裁、史達林辯解、開脫罪名。精神分裂。切割。我記得很清楚，當我去共產國家旅行的時候，我覺得很不自在，格格不入，充滿敵意。可是當火車載我回到義大利，再度跨過邊界的時候，我又會自問：在這裡，在義大利，在現在這樣的義大利，如果不選擇加入共產黨，我還能做什麼？所以解凍、去史達林化[62]，讓我們著實鬆了一口氣，如此一來我們的道德形象、我們被切割的人格終於可以恢復完整，革命終於完成，名終於副其實。在那幾天，這就是我們許多人的夢想與希望。」（Rep 80）

卡爾維諾在《當代》上參與了三月到七月間的「馬克思主義文化論戰」，讓義大利共產黨的文化路線之爭浮上檯面。稍晚（七月二十四日）在義共文化委員會的一次會議上，他與阿利卡達[63]辯論，並「對黨內負責文化需求政策的所有同志提出不信任案」（參見一九九〇年六月十三日《統一報》）。卡爾維諾對義共黨中央的政治決策越來越無法認同：十月二十六日他向艾伊瑙迪出版社的義共黨團品托支部[64]提出一項議程，指控《統一報》在報導波茲南[65]及布達佩斯事件[66]時「令人難以忍受地造假」，並嚴厲批評義共面對蘇聯共產黨第二十次代表大會嶄露的曙光，及東歐進行中的變化毫無應變能力。三天後，品托黨團支部通過「向共產黨員喊話」，要求「黨中央應出面否認指控」並且「公開聲明我們支持波蘭及匈牙利的人民運動，也支持持續期待方法及人都能全面革新的群眾心聲的共產黨」。

卡爾維諾以久利提㊼爲師，認爲義大利共產黨轉型在望。

一九五七年

卡爾維諾在《不設防城市》（*Città aperta*，由一群在羅馬的共黨異議知識分子所創辦的雜誌）發表短篇寓言小說〈安地列群島的對峙〉（La gran bonaccia delle Antille），影射的是義大利共產黨的裹足不前。

久利提離開義大利共產黨後，經過一番掙扎，卡爾維諾於八月一日將個人退黨信交到他所屬的都靈聯合黨委會，八月七日刊登在《統一報》上。信中除了表達他對義大利共產黨政治不認同的理由外，對於國際社會主義的民主遠景則抱持信心，也不忘共產黨員的積極抗爭對自己的知識及人文養成上的重要意義。

卡爾維諾並無意與義共決裂，在他八月十九日寫給斯皮里亞諾㊽的信中有如下表達：「親愛的皮羅，你看到了，我成功地退了黨但並沒有決裂，我希望能繼續跟黨對話（……）。我現在突然覺得很想做點什麼事，去『抗爭』，我還是黨員的時候沒有這種感覺，活得心安理得。你看怎麼會這樣。我也不知道我要做什麼。我一方面想，現在我既然不是黨員，不再爲《統一報》的政策及謊言負責，也就可以回頭在《統一報》上寫稿，這件事我還滿想做的（……）。但另一方面來說，雖然我跟黨的領導意見相左眾所皆知，但我的名字在勞工眼中可能會覺得我是爲他們不同意的政策背書，而這點仍讓我的良心承受壓力。總之我又回到了原點：我的政治意圖是跟黨員及勞工對話，但如果沒有那個我並不信任的舞台又不足以成事。眞是見鬼了。」（Spr 86）

所有這些事情對卡爾維諾的態度造成深遠的影響：「那些事件讓我自外於政治，意思是政治在我心裡占據的空間比之前小多了。從那時候開始，我就不再參與任何極權活動，我不再信任。我想相較於其他管道，今天的政治反應社會變遷的速度非常遲緩。我想政治恐怕常做違法、欺瞞的勾當。」（Rep 80）

《樹上的男爵》（*Il barone rampante*）出版；《暗店》第二十期刊登了短篇〈營建炒作〉

（La speculazione edilizia）。

一九五八年

卡爾維諾在《新潮流》雜誌[69]發表〈部門裡的母雞〉（La gallina di reparto），是未出版的長篇〈女王的項鍊〉（La collana della regina）片段。另在《新議題》發表〈煙雲〉（La nuvola di smog）。厚重的《短篇小說集》（*Racconti*）出版，隔年贏得巴古塔文學獎[70]。爲《明日義大利》（*Italia domani*）周刊及久利提創辦的《過往與現代》（*Passato e Presente*）雜誌寫稿，參與了幾次新左派社會黨的論戰。

卡爾維諾有數年時間與音樂團體「通訊音樂」[71]往來頻繁，在一九五八—五九年間爲李貝洛維奇的四首曲子做詞（〈悲歌〉、〈禿鷹飛翔的方向〉、〈橋的那頭》、〈世界的主宰〉），另爲卡皮[72]寫了〈在綠色的波河上〉，爲歌手貝緹[73]寫了〈母老虎〉的詞，另有〈夜晚的都靈〉是由桑提[74]譜曲。

一九五九年

《不存在的騎士》（*Il cavaliere inesistente*）出版。

《艾伊瑙迪新聞報》最後一期出刊（第八年第三期）。《裝幀樣本》文學雜誌⑮發行創刊號：「維多里尼在米蘭的蒙達多利出版社工作，我在都靈的艾伊瑙迪出版社工作。由於『籌碼』系列叢書出版期間都是由我坐鎮都靈的編輯部跟維多里尼聯絡，所以他要我跟他並列《裝幀樣本》的總編輯。事實上那份雜誌從構思到執行都是由他負責，決定每一期的排版，跟受邀的客座編輯朋友討論，大部分的文稿也是由他收進來的。」（Men 73）

謝絕了義大利社會黨黨報《前進報》（*Avanti!*）的寫稿邀約。

九月，威尼斯鳳凰歌劇院將卡爾維諾的短篇小說〈加油！〉（Allez-hop）搬上舞台，由貝里歐⑯譜曲。除了文學創作、論述、新聞報導及編輯工作外，他始終對劇場、音樂及表演藝術保持高度興趣，不過成果十分零星。

因福特基金會贊助，卡爾維諾十一月前往美國旅行，造訪主要城市。這次美國之旅長達六個月，其中四個月待在紐約。讓他印象深刻的除了紐約市之外，還有其他接觸到的環境。多年後卡爾維諾說他覺得紐約比起其他城市更適合他。在他最早替《ABC》周刊寫的通訊報導中就提到：「我愛紐約，愛是盲目的。愛也是沉默的：我不知道要怎麼反駁那些討厭紐約的人（……）。老實說，我真不懂爲什麼斯湯達爾⑰會這麼愛米蘭。說不定我會在墓碑我的名字下面寫『紐約客』？」（一九六〇年六月十一日）

一九六〇年

三個系出同門的短篇集結爲《我們的祖先》（*I nostri antenati*）三部曲出版，並附上重要導讀一篇。

在《裝幀樣本》第二期發表評論〈在客體性中沉浮〉（Il mare dell'oggettività）。

一九六一年

卡爾維諾知名度愈來愈高。寫稿邀約不斷，讓他夾在好奇接受和專心本業之間有些煩惱：「好一段時間了，來自報紙、周刊、電影、劇場、電台、電視各方邀約不斷，無論是酬勞或影響力都很吸引人，問題是邀約太多而且時間緊迫，我擔心自己迷失在這曇花一現的事物裡，但其他多產又多才多藝作家的例子又讓我有衝動想要效法他們，不過後來爲了不要像他們，我還是決定繼續保持沉默。我想要集中心力思考『書』，而且我也懷疑『每天』都得寫點什麼東西，到最後寫出來的豈不是剩下的東西。結果我既沒有幫報紙寫，沒幫其他地方寫，也沒爲我自己寫。」（給伽齊⑱的信，九月三日）。被卡爾維諾拒絕的，還包括義大利最大平面媒體《晚郵報》（*Corriere della sera*）。

他將旅美期間所寫的報導及隨筆集結爲《一個樂天派在美國》準備出版，但在最後校稿階段喊停。⑲

九月，參加由卡皮提尼⑳發起的第一次佩魯嘉—阿西西和平遊行㉑。

一九六二年

四月在巴黎認識了來自阿根廷的艾絲特・胡麗特・辛禾（Esther Judith Singer），大家都叫她「奇吉塔」（小女孩）。艾絲特在聯合國教科文組織及國際原子能總署等國際組織擔任翻譯（一直到一九八四年爲止都擔任自由譯者）。這段時間，卡爾維諾戲稱自己有「飛機跑道癖」，在羅馬（他在那裡也有個家）、都靈、巴黎及桑雷莫之間飛來飛去。

「里古利人有兩種：一種是死守家園，就像礁石上的帽貝，你休想把它拔走；另一種人則是四海爲家，不管他去哪裡，都跟在自己家一樣。但即便是後者，像我就是後者（……），仍會定期回家，死守家園的決心不輸前者。」（Bo 60）

在《裝幀樣本》第五期發表評論〈挑戰迷宮〉（La sfida al labirinto）；在《此與彼》㊷創刊號上發表短篇小說《聖喬凡尼之路》。

一九六三年

這一年，義大利的新前衛運動（neoavanguardia）成形。雖然卡爾維諾並不認同，但仍關心其發展。卡爾維諾對藝文團體「’63團」㊈的態度是留意，但保持距離。關於這點，在〈挑戰迷宮〉發表後，卡爾維諾跟古耶摩㊉打過筆戰，是很有意義的一份文字紀錄。

《馬可瓦多——城市裡的四季》（*Marcovaldo ovvero Le stagioni in città*）在艾伊瑙迪出版社「青少年讀物」（Libri per ragazzi）系列叢書出版，內有二十三幅插畫出自托法諾㊇之手（卡爾維諾對此十分得意）。發表《監票員的一天》（*La giornata d'uno scrutatore*）。《營建炒作》出版單行本。

在法國停留時間愈來愈長。

一九六四年

二月十九日在古巴首都哈瓦那跟艾絲特結婚。

「我一生中遇到不少女子都很強悍。我身旁如果沒有女人我就活不下去。我不過是個雙頭、雙性的生物體，那是唯一會思考的眞正生物有機體。」（RdM 80）

這趟古巴之旅讓他有機會參觀自己的出生地，以及父母當年住過的家。所有會面活動中，還安排了他跟切．格瓦拉⑯私下碰面。

夏天結束後，卡爾維諾跟妻子遷居羅馬，住在布利安佐路（Via Brianzo）上的一間公寓裡。家庭成員還有十六歲的馬切洛，是艾絲特跟前夫生的兒子。卡爾維諾每兩周一次回都靈參加編輯會議，回覆信件。

在《裝幀樣本》第七期發表評論《勞工對立》（*L'antitesi operaria*），並未獲得迴響。在評論集《塵封》（*Una pietra sopra*，1980）中，卡爾維諾說這篇文章是「試圖在我的論述發展（先前在《裝幀樣本》發表的評論）中加入對勞工階層歷史定位不同評價的分析，實際上也是探討那幾年左派的所有問題（……）。這或許是我試著把五花八門的元素放到單一、和諧的設計圖上的最後一次努力」。

《蛛巢小徑》再版，新增一篇極爲重要的前言。在《咖啡館》雜誌上發表四篇宇宙連環圖的故事。

一九六五年

女兒喬凡娜（Giovanna Calvino）出生。「年過四十，第一次當爸爸的經驗讓人有一種完滿的感覺，而且還有出其不意的樂趣。」（給漢斯・麥努斯・安森柏格[87]的信，十一月二十四日）

《宇宙連環圖》（*Le Cosmicomiche*）出版。以筆名卡維拉（Tonio Cavilla）擔任《樹上的男爵》摘錄評論版的客座編輯，在「中學讀本」（Lettura per la scuola media）叢書中出版。《煙雲及阿根廷螞蟻》出版單行本（原收錄在《短篇小說集》內）。

發表兩篇文章（分別發表在一月三十日出刊的《重生》，及二月三日出刊的《日報》[88]），加入帕索里尼發起的「新『科技』義大利人」論戰。

一九六六年

二月十二日，維多里尼過世。「很難把死亡（到昨天爲止就連生病也很難）跟維多里尼這個人連在一起。當代文學常見的存在主義式的消極，跟他無關。他永遠在尋找生命的新影像，也激勵其他人也這麼做。」（Conf 66）一年後，紀念維多里尼這位西西里作家的《裝幀樣本》特輯出版，其中有卡爾維諾的長文〈維多里尼：計畫與文學〉（Vittorini: progettazione e letteratura）。

維多里尼過世後，卡爾維諾對時事不再表態。他後來說，是逐漸保持距離，改變了節奏。「我樂於窩在圖書館裡，這是我之前沒辦法辦到的（……），但現在如願以償。老實說，我很滿足。不是說我不再關心外界，而是我不覺得有必要站到第一線去。當然，最主要的原因是我也不年輕了。年輕時信奉的司湯達爾的批判現實主義，在某個時刻結束了。或許那只是老化過程中，隨著年齡必然會出現的結果。我年輕了好久，或許太久了，突然間我覺得老年生活應該要開始了，沒錯，老年，如果老年早一點開始，說不定可以拖久一點。」（Cam 73）

保持距離並不代表與世隔絕。九月應一位英國編輯之邀爲《作家支持越南》（*Authors take sides on Vietnam*）一書撰文（「在這個世界上沒有人對自己滿意或覺得對得起自己的良心，沒有任何一個連自己眞實面都無法面對的國家或機構，自詡能夠體現一個全球性的理念，越南人民是唯一的曙光」）。

一九六七年

舉家搬到巴黎，住在臨夏緹朗廣場（Square de Châtillon）的一間小洋房裡。原準備停留五年，卻住到一九八〇年才離開。常返回義大利，夏天也都待在義大利。

卡爾維諾完成了翻譯葛諾⑧《藍色小花》的工作。葛諾這位法國作家各種稀奇古怪的活動，對成熟的卡爾維諾有多方面影響：怪誕弔詭的喜劇性（跟逗趣未必相同）、研究科學及文字遊戲、用手工藝的角度看待文學，讓實驗與古典並存。

在一場以《模控論⑨及幽靈》爲主題的研討會中，卡爾維諾發表了論文〈文學是文字遊戲的過程二三事〉（Appunti sulla narrative come processo combinatorio），後刊登在《新潮流》期刊上。另在《新潮流》及《報告》⑨上發表了〈有絲分裂〉（La cariocinesi）及〈血、海〉（Il sangue, il mare），後收錄在《T與零》（*Ti con zero*）一書中。

一九六八年

卡爾維諾對符號學感興趣，去聽羅蘭·巴特在索邦大學高等研究學院談巴爾札克的《薩拉辛》的兩場講座，也在義大利烏爾比諾大學參加爲期一周的符號學研究，其中格雷瑪斯⑨的論文發表最爲重要。

卡爾維諾在巴黎跟葛諾往來頻繁，在葛諾引介下認識了Oulipo團體（潛能文學工坊[93]，這是由法國荒謬劇大師雅里[94]的啪嗒學院[95]命名的）的成員，如佩雷克[96]、里昂[97]、魯博[98]、富內爾[99]。不過卡爾維諾旅居巴黎期間，在社交、文化圈並不活躍：「或許是我不具備與場所建立個人關係的能力，我總是有點半調子，欲走還留。我的書桌彷彿一個島：可以在這裡，也可以在那裡（……）。從事寫作，我的部分工作可以在孤獨中進行，哪裡並不重要，可以是一棟與世隔絕的鄉間小屋，也可以在小島上。而我的這棟鄉間小屋在巴黎市區。所以，跟工作相關的生活主要是在義大利，當我能夠或必須獨處的時候，我會來巴黎。」（EP 74）

卡爾維諾面對六八年學運的態度，跟面對六〇年代初的青年運動一樣，雖然關心，但在態度及思想上並不認同。

他「這幾年思想的貢獻」（Cam 73）主要跟烏托邦的省思有關。因此有了重讀傅立葉[100]的念頭。一九七一年出版了一本見解獨到的小書：「我最自豪的是這本書的目錄，關於傅立葉我要說的話，都寫在那裡了。」[101]（Four 71）

拒絕接受頒給《T與零》的維亞雷久文學獎[102]（「我堅信文學獎的時代已經結束，我放棄領獎，因爲我不想繼續用我的默許替那些毫無意義的機構背書。爲了避免媒體譁然，懇請切勿將我的名字列入得獎名單。請相信我的友誼」）；但是兩年後卻接受了亞斯提文學獎（Premio Asti），一九七二年接受了猞猁科學院[103]的菲特里內利文學獎[104]，之後還接受了法國尼斯市、義大利西西里蒙德洛市（Mondello）頒發的文學獎。

由米蘭的出版協會[105]出版了《世界的記憶及其他宇宙連環故事》（*La memoria del mondo e alter storie cosmicomiche*）。

一九六九年

李齊[106]的《塔羅牌。貝加摩及紐約的維斯康堤紙牌》（*Tarocchi. Il mazzo visconteo di Bergamo e New York*）書中收錄了卡爾維諾的《命運交叉的城堡》（*Il castello dei destini incrociati*）。《最後來的是烏鴉》準備再版。在《咖啡館》雜誌上發表短篇《砍頭》（*La decapitazione dei capi*）。

跟強・薩里納利[107]合作，爲藏尼克利出版社[108]編《中學文選讀本》（*La lettura. Antologia per la scuola media*）。其中〈觀察與描寫〉章節是由卡爾維諾構思完成的，他認爲描寫是一種認知經驗，「待解決的問題」（「描寫的意思是試著趨近，讓我們能夠越來越接近我們想說的，但同時又讓我們有些不滿足，所以必須繼續回頭觀察，想辦法把我們觀察到的好好表現出來。」）（LET 69）

一九七〇年

短篇小說集《困難的愛》（*Gli amori difficili*）出版。

整理廣播節目要用的資料，出版《卡爾維諾讀阿里奧斯托[109]：瘋狂的奧蘭多選讀本》（*Orlando fuorioso di Ludovico Ariosto raccontato da Italo Calvino*）。

七〇年代，卡爾維諾多次擔任童話故事編輯，替童話故事集（蘭薩[110]、巴西雷[111]、格林兄弟、佩羅[112]、彼德雷[113]）新版撰寫導讀。

一九七一年

擔任艾伊瑙迪出版社「百頁」（Centopagine）系列叢書主編。大多是他所推崇的歐洲經典作家（史蒂文生[114]、康拉德、司湯達爾、霍夫曼[115]、巴爾札克、托爾斯泰），一小部分是十九、二十世紀之間的義大利作家。

短篇小說〈從昏暗中〉（Dall'opaco）收錄在雜文集《德爾菲》（*Adelphiana*）中。

一九七二年

《看不見的城市》（*Le città invisibili*）出版。

有好一段時間都在跟朋友（內利[116]、卡羅．金茲伯格[117]、伽拉提[118]）思索辦一份新雜誌的可能性。他主要是希望能夠面對「新的受眾，還沒有想過閱讀在日常生活中可以占據的位子」。這個未實現的計畫案，「發行量要大，在書報攤販售，有點像奈勒斯漫畫⑲，但不是漫畫，要有連載小說，很多插圖，排版要能夠吸引人。開很多專欄，各自陳述不同的敘事策略，有人物類型、閱讀方法、風格原則、詩學——人類學功能，但看起來一定要有趣。那是以推廣爲工具的一種研究。」（Cam 73）

十一月，卡爾維諾第一次參加Oulipo的早餐會。隔年二月他成爲外地會員。《花花公子》義大利文版第一期出刊，有卡爾維諾的〈名字，鼻子〉（**Il nome, il naso**）。

一九七三年

《命運交叉的城堡》出版。

在回答《新議題》所提關於極端主義的問題時，他說：「對極端主義的嚴重性我想應該要有所知才對，正因爲事態嚴重所以要有分析的精神，認清事實，要對每一個行爲話語思想

承擔後果，而這些都不屬於極端主義。」（NA 73）

在托斯卡尼省培斯卡雅縣（Castiglione della Pescaia）海堡鎮（Roccamare）上的別莊興建工程結束，之後卡爾維諾每年夏天都在這裡度過。最常來訪的朋友是傅魯特羅⑳跟齊塔提㉑。

一九七四年

卡爾維諾開始在《晚郵報》上發表短篇、遊記，以及對義大利政治、社會現象的觀察評論，持續到一九七九年爲止。最早一篇是四月二十五日的〈我記得的那場戰役〉（Ricordo di una battaglia）㉒。同年發表一篇自傳性質的文章〈觀眾自傳〉（Autobiografia di uno spettatore），是電影導演費里尼㉓《四部電影》（Quattro film）一書的前言。㉔

爲廣播節目《不可能的訪問》撰寫其中兩集「蒙特祖瑪」（Montezuma）及「尼德蘭人」（L'uomo di Neanderthal）㉕。

一九七五年

八月一日，在《晚郵報》上發表短篇〈長頸鹿奔跑〉（*La corsa delle giraffe*），是《帕洛瑪先生》（*Palomar*）系列的第一篇。

艾伊瑙迪出版社「少年圖書館」（Biblioteca Giovani）叢書重新出版《世界的記憶及其他宇宙連環故事》。

一九七六年

在美國各大學演講。在《晚郵報》撰寫墨西哥及日本之旅的感想。回頭整理《砂集》（*Collezione di sabbia*）一書的出版工作，加入尚未發表過的新文章（包括前一年赴伊朗旅行的紀錄）。

赴維也納領取斯塔特文學獎（Staatpreis）。

一九七七年

在《比較。文學》上發表雜文〈我愛垃圾箱〉〈La poubelle agrée〉。

發表〈親筆畫——談斯坦伯格[126]的插畫〉[127]。這篇文章算是一系列討論具象藝術的夾敘夾議短文之一（用很輕鬆的口吻談藝術創作，包括梅洛提[128]、包里尼[129]、德．培佐[130]、佩維雷利[131]、阿達米[132]、馬涅利[133]、瑟拉菲尼[134]、紐利[135]、德．基里珂[136]、巴伊[137]、荒川弘[138]……等）。

一九七八年

卡爾維諾母親過世，享年九十二歲。之後他將子午線別莊售出。

一九七九年

《如果在冬夜一個旅人》（*Se una notte d'inverno un viaggiatore*）出版。

以〈我也曾經是史達林主義者?〉（Sono stato stalinista anch'io?）⑬一文展開與《共和報》⑭的密切合作，除短篇小說外，以撰寫書評、展覽評論、文化觀察等。相較於在《晚郵報》上撰寫的稿子，關於社會、政治議題的文章幾乎完全消失不見（唯一例外是一九八〇年三月十五日的〈在貪腐國家裡關於誠實的一則寓言故事〉⑭）。

一九八〇年

遷居羅馬，靠近馬茲歐營廣場（piazza Campo Marzio），住家有大陽台，距離萬神殿僅數步之遙。

將一九五五年開始較具價值的評論文章收入《塵封。談文學與社會》中出版。

一九八一年

接受法國榮譽軍團勳章。[142]

主編葛諾全集《符號、數字與文字》（Segni, cifre e lettere）。隔年爲瑟久．索密（Sergio Solmi）翻譯葛諾的《可攜帶的小本天體演化論》（*Piccola cosmogonia portatile*）寫前言〈小天體演化論的小導讀〉（Piccola guida alla piccolo cosmogonia）。

在《特洛伊木馬》上發表〈巴格達之門〉，是爲夏洛雅[143]的舞台設計所寫的故事大綱。應波洛克（Adam Pollock）之邀（他每年夏天都會在芭提尼亞諾鎮[144]舉辦十七、十八世紀歌劇的演出活動）用字母遊戲排列出一篇文字，作爲莫札特未完成歌劇《柴伊德》（Zaide）的佈景框。擔任第二十九屆威尼斯影展評審團主席，得獎的除了德國女導演瑪格麗特．馮．卓塔[145]的《灰色年代》（Die Bleierne Zeit），還有義大利導演莫雷提[146]的《祝你好夢》（Sogni d'oro）。

一九八二年

卡爾維諾跟音樂人貝里歐合作的兩幕劇《眞實故事》（La Vera Storia）在米蘭史卡拉歌劇院上演。同年推出音樂劇《二重奏》（Duo），是後來由貝里歐譜曲的〈聆聽的國王〉（Un re in ascolto）音樂劇前身。

在《FMR》雜誌發表〈味道知道〉（Sapore sapere）。

一九八三年

被任命爲法國高等學院的「院長」，任期一個月。一月二十五日在格雷瑪斯講座演講，題目是〈伽利略的科學與隱喻〉（Scienze et métaphore chez Galilée）。在紐約大學（詹姆斯講座）用英文演講〈已書寫及未書寫的世界〉（Mondo scritto e mondo non scritto）。《帕洛瑪先生》出版。

一九八四年

艾伊瑙迪出版社面臨嚴重財務危機，卡爾維諾決定接受米蘭噶爾臧提出版社[147]邀請，出版《砂集》和《舊與新的宇宙連環圖》（*Cosmicomiche vecchie e nuove*）。

四月，赴阿根廷一遊。九月，受邀跟波赫士（Jorge Luis Borges）一起去西班牙塞維爾參加奇幻文學研討會。

《聆聽的國王》在奧地利薩爾茲堡上演。

一九八五年

翻譯葛諾的《聚苯乙烯之歌》（*La canzone del polistirene*）（是蒙特狄森集團[148]的新年禮物，不對外販售，由施赫威勒出版社[149]發行）。

夏天，準備隔年（1985-86學年）赴哈佛大學諾頓講座的六場演講（Six Memos for the

Next Millennium）。

九月六日在培斯卡雅家中中風，送往錫耶納的聖瑪利亞史卡拉（Santa Maria della Scala）醫院救治。因腦溢血於十九日凌晨過世。

這份年表是由巴冷齊編輯一九二三至一九五五年資料，法切托編輯一九五六至一九八五年資料。

以下爲簡寫說明：

Accr 60：《義大利作家肖像畫》（*Ritratti su misura di scrittori italiani*），阿克洛卡（Elio Filippo Accrocca）編著，圖書會社出版社，威尼斯，一九六〇年。

AS 74：〈觀眾自傳〉（Autobiografia di uno spettatore），費里尼著，《四部電影》，艾伊瑙迪出版社，都靈，一九七四年；另收錄在《聖喬凡尼之路》（*La strada di San Giovanni*），蒙達多利出版社，一九九〇年。

BO 60：〈分成兩半的共產黨員〉（Il comunista dimezzato），與卡羅・波對談，《歐洲》（*L' Euoropeo*）雜誌，一九六〇年八月二十八日。

Cam 73：菲爾迪納多・卡蒙著，《作家這個職業》（*Il mestiere di scrittore*），卡爾維諾與G・巴薩尼、C・卡索拉、A・莫拉維亞、O・歐提耶利、P・P・帕索里尼、V・普拉托里尼、R・羅威爾西、P・佛波尼等多位作家訪談，噶爾臧提出版社，米蘭，一九七三年。

Conf 66：《對照》（*Il Confronto*）雜誌，II，一九六六年七—九月。

D'Er 79：〈卡爾維諾〉（Italo Calvino），接受馬可・德拉莫（Marco d'Eramo）訪問，《勞工世界》（*Mondoperaio*），第三十二期，一九七九年六月六日，一三三至一三八頁。

DeM 59：〈帕維斯是我的理想讀者〉（Pavese fu il mio lettore ideale），接受羅貝托・德・莫提切利（Roberto De Monticelli）訪問，《日報》，一九五九年八月十八日。

EP 74：〈巴黎隱士〉，龐塔雷利出版社（Pantarei），瑞士盧卡諾，一九七四年。

Four 71：〈卡爾維諾談傅立葉〉（Calvino parla di Fourier），晚國家報出版社（Libri—Paese Sera），一九七一年五月二十八日。

GAD 62：回答詢問《走過困難年代的那一代》（*La generazione degli anni difficili*），艾托雷·A·阿貝東尼（Ettore A. Albertoni）、艾齊歐·安東尼尼（Ezio Antonini）、雷納托·帕米耶里（Renato Pamlmieri）合編，拉特札出版社（Laterza），巴利（Bari），一九六二年。

LET 69：〈描寫物件〉（Descrizione di oggetti），《中學文選讀本》，編著卡爾維諾、強·薩里納利等，藏尼克利出版社，第一冊，波隆尼亞，一九六九年。

Men 73：〈介紹〉（Presentazione），《裝幀樣本》（1959-1967），多娜特拉·菲雅卡里尼·瑪奇（Donatella Fiaccarini Marchi）編著，大學出版社（Edizione dell'Ateneo），羅馬，一九七三年。

NA 73：〈回答關於極端主義的四個問題〉（Quattro risposte sull'estremismo），《新議題》，第31期，一九七三年一、二月。

Nasc 84：〈我當卡爾維諾有些累了〉（Sono un po' stanco di essere Calvino），朱利歐·納西本尼

（Giulio Nascimbeni）訪問，《晚郵報》，一九八四年十二月五日。

Par 60：回答米蘭青少年文化雜誌《謬論》（*Il paradosso*）的問題，第二十三至二十四期，一九六〇年九至十二月，十一至十八頁。

Pes 83：〈當代人的品味〉（Il gusto dei contemporanei），《第三期，卡爾維諾》，佩薩羅市人民銀行發行（Banca Popolare Pesarese），佩薩羅（Pesaro），一九八七年。

RdM 80：〈如果在秋夜一個作家〉（Se una sera d'autunno uno scrittore），盧多薇卡・李琶・迪・梅安娜（Ludovica Ripa di Meana）訪問，《歐洲》雜誌，第三十六期，47，一九八〇年十一月十七日，八十四至九一頁。

Rep 80：〈那天坦克車摧毀了我們的希望〉（Quel giorno i carri armati uccisero le nostre speranze），《共和報》，一九八〇年十二月十四日。

Rep 84：〈不知所措的詩人忍不住的嘲諷〉（L'irresistibile satira di un poeta stralunato），《共和報》，一九八四年三月六日。

Scalf 85：〈當年我們十八歲〉（Quando avevamo diciotto anni……），《共和報》，一九八九年三

月十一日。

Spr 86：斯皮里亞諾，《那十年的熱血澎湃（1946-1956）》（*Le passioni di un decennio*），噶爾臧提出版社，米蘭，一九八六年。

譯註：

① 巴冷齊（Mario Barenghi），任教於米蘭比可卡（Bicocca）大學，研究義大利當代文學。

② 法切托（Bruno Falcetto），任教於米蘭大學當代語文學系。

③ 蒙達多利出版社（Arnoldo Mondadori Editore），由阿諾德·蒙達多利（Arnoldo Mondadori, 1889-1971）創辦於一九〇七年，一九六五年推出可在書報攤販售的「口袋書」，十分成功。

④ 波提諾（Germana Pescio Bottino），生平不詳。

⑤ 米拉尼尼（Claudio Milanini），任教於米蘭大學當代語文學系。

⑥ 里古利省（Liguria），義大利西北方一省，在亞平寧山及阿爾卑斯山間，南向面海，以自然美景聞名。

⑦ 派其奧·維拉（Pancho Villa，1878-1923），是一九一〇至一一年間墨西哥革命的英雄人物，推翻獨裁政

權。

⑧世界主義，與愛國主義及民族主義相反，認爲人類都屬於同一精神共同體，國族之間的經濟、政治關係應該更有包容性。

⑨馬志尼（Giuseppe Mazzini，1805-1872），義大利統一運動的重要人物。一八三一年創立青年義大利黨，提出「恢復古羅馬榮光」的口號，要讓義大利半島成爲統一的共和國。

⑩共濟會，成立於十八世紀的英國，是歐洲帶有烏托邦及宗教色彩的一種兄弟會。宣揚博愛思想及美德精神，探索人類生存的意義，號召建立和平理想的國家。

⑪克魯泡特金〔Peter（Pyotr）Alexeyevich Kropotkin，1842-1921〕，俄國革命家，創立無政府共產主義，主張取消私人財產和不平等的收入，按需分配。

⑫法西斯童軍團（Balilla），成立於一九二六年，旨在「加強少年的體育及德育」，凡九歲至十三歲的少年都需加入。

⑬吉卜林（Joseph Rudyard Kipling，1865-1936），生於印度孟買的英國作家。主要著作有《叢林奇譚》（*The Jungle Book*，1894）、《基姆》（*Kim*，1901）。一九〇七年獲得諾貝爾文學獎。

⑭《貝托鐸》（*Bertoldox*），里佐里（Rizzoli）出版社在米蘭於一九三六年七月十四日至一九四三年九月十日期間出版的幽默嘲諷周刊。

⑮《馬考雷利歐》（*Macr'Aurelio*），一九三一年三月十四日於羅馬創辦的幽默嘲諷期刊，以報紙形式每周四、六出刊。所有重要插畫家都曾與《馬考雷利歐》合作過，包括知名導演費里尼十八歲時就在此展露繪畫天分。

⑯蒙塔雷（Eugenio Montale，1896-1981），義大利里古利省熱內亞人，寫詩、寫新聞、寫樂評。一九七五年諾貝爾文學獎得主。

⑰法西斯大學團（Gruppi Universitari Fascisti），一九二〇年正式成立，在大學校園中招募認同法西斯黨的大學生。團員被墨索里尼視爲未來的領導階層，許多知名藝文人士如導演安東尼奧尼、帕索里尼當年也曾經是法西斯大學團的成員。

⑱艾烏哲尼歐．斯卡法利（Eugenio Scalfari，1924-），義大利知名記者、作家及政治家。年輕時曾加入法西斯大學團，並擔任《羅馬法西斯報》（*Roma Fascista*）主編。一九五五年與他人共同創辦義大利激進黨，並擔任《快訊》周刊（*L'Espresso*）社長。一九七六年創辦《共和報》（*La Repubblica*），是義大利龍頭報業之一。

⑲赫伊津哈（Johan Huizinga，1872-1945），荷蘭語言學家及歷史學家。一九四二年遭德國人逮捕囚禁，一九四五年荷蘭重獲自由前病逝。

⑳維多里尼（Elio Vittorini，1908-1966），義大利作家。一九四二年加入地下共產黨，參與對德游擊戰。

一九四五年擔任共產黨黨報《統一報》（*Unità*）米蘭分部負責人，並創辦當代文化期刊《綜合工藝》（*Il Politecnico*）。一九五一年受艾伊瑙迪（Einaudi）出版社之邀主編「籌碼」（I Gettoni）系列，與年輕作家卡爾維諾密切合作。

㉑皮薩卡內（Carlo Pisacane，1818-1857），義大利革命家，曾參與羅馬共和國的誕生。著有《一八四八至四九年在義大利半島上的戰爭》（*Guerra combattuta in Italia negli anni 1848-49*）。

㉒一九四三年九月八日是二次世界大戰中義大利與同盟國簽署停戰協定的日子，同時揭開了義大利國內抗德游擊戰的序幕。

㉓全名爲義大利社會共和國，咸稱薩洛共和國。是一九四三年義大利國王與同盟國簽署停戰協定後，由希特勒扶植、墨索里尼專政的僞政府，一九四五年四月二十五日垮台。

㉔德國納粹於一九四三年九月八日入侵占領義大利，反法西斯團體及政黨於九月九日在羅馬成立的跨黨派組織，主張與同盟國並肩作戰。

㉕帕維斯（Cesare Pavese，1908-1950），義大利作家、詩人及翻譯家。幼年喪父，母親管教嚴格，因經濟壓力之故時常遷居，造成其悲觀被動個性。才華洋溢，擔任艾伊瑙迪出版社系列叢書主編，發掘卡爾維諾的文學創作潛力。感情路上多遇挫折，亦常爲自己未參與對德游擊戰而自責。自殺身亡。著有

㉖穆謝塔（Carlo Muscetta，1912-2004），義大利文學評論家、詩人。曾擔任多家出版社系列叢書主編。

㉗《露台》（*Solaria*），是義大利作家卡洛奇（Alberto Carocci）於一九二六年創辦的文學雜誌，許多義大利重量級作家如蒙塔雷、維多里尼、雷歐內・金茲伯格（Leone Ginzburg）及卡達（Carlo Emilio Gadda）等皆爲其作者。

㉘艾伊瑙迪出版社（Giulio Einaudi Editore），一九三三年由朱利歐・艾伊瑙迪（Giulio Einaudi, 1912-1999）在父親路易吉・艾伊瑙迪（Luigi Einaudi, 1874-1961，著名經濟學家，曾任義大利總統）資助下所創辦。朱利歐與當時鼓吹改革的年輕知識分子如金茲伯格、帕維斯等過從甚密，引起法西斯政權側目後將出版重心轉向文學、哲學及歷史學路線。戰後確認其左派傾向，與義大利共產黨往來密切，廣納義大利及國際文化現象，觸角也伸及左派官方路線之外的領域，如人類科學、人類學、宗教史等。蒙塔雷、卡達、夏俠（Leonardo Sciascia）及卡爾維諾都是經由艾伊瑙迪出版社而受到矚目的作家。

㉙《統一報》（*L'Unità*），一九二四年由義大利共產黨靈魂人物葛蘭姆西（Antonio Gramsci，1892-1937）創辦，至一九九一年爲止都是義共黨報。

㉚文圖利（Marcello Venturi，1925-2008），義大利新寫實主義作家。

㉛費拉塔（Giansiro Ferrata，1907-1986），義大利作家、文學評論家。

㉜康拉德（Joseph Conrad，1857-1924），生於波蘭的英國小說家，被譽爲現代主義的先驅。著有《黑暗之心》、《吉姆爺》等。

㉝納塔莉亞·金茲伯格（Natalia Ginzburg，1916-1991），二十世紀義大利最重要的女性作家之一，著有《家庭絮語》（*Lessico famigliare*）。

㉞康提墨利（Delio Cantimori，1904-1966），義大利歷史學家、哲學家，曾擔任艾伊瑙迪出版社顧問，與妻子共同翻譯的馬克思《資本論》，是最早的義大利文版本。

㉟文特利（Franco Venturi，1914-1994），義大利歷史學家，專攻人文主義及蘇俄史。

㊱博比歐（Norberto Bobbio，1909-2004），義大利哲學家、歷史學家及政治學家，公認爲二十世紀義大利文化界最具代表性的知識份子。

㊲巴博（Felice Balbo，1913-1964），二十世紀上半葉義大利文化界的代表人物，積極參與二次世界大戰後義大利的政治改革。

㊳伯拉提（Giulio Bollati，1924-1996），出版社創辦人朱利歐的主要夥伴，後擔任出版社總編輯。因與朱利歐理念不和，一九七九年辭職離開。

㊴柏林葛耶利（Paolo Boringhieri，1921-2006），負責艾伊瑙迪出版社的科學系列叢書（ESE）。一九五七年向艾伊瑙迪出版社買下該叢書，另成立柏林葛耶利出版社，於一九八〇年代出版榮格全集。

㊵彭克羅利（Daniele Ponchiroli），生平不詳。卡爾維諾一九五九至六〇年間赴美訪問參觀時，定期寫信給他，後收錄在《巴黎隱士》中，名爲〈美國日記1959-1960〉。

㊶索密（Renato Solmi，1927- ）。一九五一至六三年間在艾伊瑙迪編輯部工作。是引進、翻譯阿多諾學派著作的第一人。

㊷佛亞（Luciano Foà，1915-2005），一九五一年擔任艾伊瑙迪出版社祕書長，主導尼采全集的出版工作。

㊸卡瑟斯（Cesare Cases，1920-2005），從事文學創作及文學評論，在艾伊瑙迪出版社負責德文作家如湯瑪斯曼、布萊希特、卡爾．克勞斯等作品的編輯出版工作。

㊹達米克（Fedele D'Amico，1912-1990），義大利音樂學家、樂評家。

㊺德．諾奇（Augusto Del Noce，1910-1989），義大利政治學家、哲學家。一九八四年獲選爲參議員。

㊻摩塔（Mario Motta），生平不詳。一九五〇至五一年間擔任《文化與現實》主編。

㊼《工廠》（*Officina*），一九五五年在波隆尼亞（Bologna）創辦，以發表新詩爲主，批判戰後的新寫實主義，堅信文化理念可以推動社會改革。

㊽莫內利（Paolo Monelli，1891-1984），義大利知名記者。

㊾《暗店》（Botteghe Oscure），一九四八年在羅馬創辦的文學雙季期刊，旨在介紹讀者還不熟悉的新作家。

㊿巴薩尼（Giorgio Bassani，1916-2000），義大利作家，曾擔任Feltrinelli出版社總編輯。

(51)卡爾維諾過世後，收入《在你說喂之前》（*Prima che tu dica pronto*）短篇小說集，於一九九三年出版。

(52)《新議題》（*Nuovi Argomenti*），一九五三年由卡洛奇及莫拉維亞（Alberto Moravia）在羅馬共同創辦的文學季刊，之後帕索里尼（Pier Paolo Pasolini）亦加入。

53 畢冷齊（Romano Bilenchi，1909-1989），義大利作家。

54 薩里納利（Carlo Salinari，1919-1977），義大利作家。

55 特隆巴多利（Antonello Trombadori，1917-1993），義大利記者、藝評家。

56 《比較。文學》（*Paragone. Letteratura*），一九五〇年由藝術史家龍奇（Roberto Longhi）創辦的文學藝術月刊，分爲文學及藝術兩冊，分別採藍色及紅色封面。此處所謂《比較。文學》雜誌，實指文章發表在《比較》的文學單冊中。

57 佛提尼（Franco Fortini，1917-1994），義大利文學評論家，是二十世紀文壇代表人物之一。

58 德．喬琪（Elsa De Giorgi，1915-1997），義大利演員、導演、舞台設計師。參與劇場及電影演出。

59 李貝洛維奇（Sergio Liberovici，1930-1991），義大利音樂家。

60 《梅特洛》，作家普拉托里尼（Vasco Pratolini，1913-1991）所寫的歷史小說，背景爲自一八六一年統一開始到法西斯時期的義大利，對無產階級及資產階級的眞實生活多所著墨。透過命運多舛的小工梅特洛清楚描繪勞工運動、社會黨成立、工會勢力崛起的社會寫照。但太過強調寫實風格，文學厚度不足，引發文學是否應爲政治理念服務的論戰。

61 寫實社會主義Socialismo reale，是義大利用以形容共產國家的說法之一。

62 「解凍」、「去史達林化」是指一九五三年史達林死後，蘇聯的共產國家由上到下逐漸取消對史達林個人崇拜的自由化政策，關鍵點是一九五六年召開蘇聯共產黨第二十次代表大會時，赫魯雪夫於會中明確指責史達林及史達林主義。

63 阿利卡達（Mario Alicata，1918-1966），抗德游擊隊員、記者、政治家。爲義共中央委員會委員，一九六二年任黨報《統一報》社長。

64 賈伊梅．品托（Giaime Pintor，1919-1943）年輕時即與金茲伯格、帕維斯同爲艾伊瑙迪出版社成員，加入抗德游擊隊，年僅二十四歲便在戰爭中身亡。設在艾伊瑙迪出版社內的義共黨團支部便以他命名，以茲紀念。

65 波茲南（Poznan），波蘭中西部重要工商業大城。一九五六年六月二十八日當地勞工以「麵包與自由」爲口號，發動反共產獨裁暴動，遭時任波蘭戰爭部的蘇聯將軍以武力鎮壓，死亡百餘人。

66 布達佩斯事件，一九五六年十月二十三日至十一月四日期間，匈牙利老百姓對政府及其親蘇政策不滿，自發性走上街頭的全國性革命運動。以學生在布達佩斯廣場上集會抗議開始，從而引發全國百姓自動加入，最後因蘇聯軍隊入駐匈牙利鎮壓而宣告結束，史稱匈牙利十月事件。

67 久利提（Antonio Giolitti，1915-2010），義大利政治家，曾是共產黨員，後加入社會黨。擔任多任財政部長，是義大利數個重要經濟計劃的推手之一。

⑥⑧ 斯皮里亞諾（Paolo Spriano，1925-1988），義大利歷史學家、作家，著有《義大利共產黨史》（*Storia del Partito Comunista Italiano*）五冊。

⑥⑨《新思潮》（*Nuova Corrente*），一九五四年創辦的文學評論及哲學季刊。

⑦⓪ 巴古塔文學獎（Premio Bagutta），一九二六年在米蘭成立的文學獎。

⑦① 通訊音樂（Cantacronache），一九五七年在都靈成立，由音樂家、文人、詩人組成，旨在透過音樂鼓吹社會責任。最初的想法是收集抗戰期間的民謠，後來走向用歌詞反應眞實的社會面貌。

⑦② 卡皮（Fiorenzo Carpi，1918-1997），義大利鋼琴家、作曲家。

⑦③ 貝緹（Laura Betti，1928-2004），義大利女演員、歌手。是導演兼詩人帕索里尼的好朋友。

⑦④ 桑提（Piero Santi，1912-1990），義大利音樂家。

⑦⑤《裝幀樣本》（*Il Menabò*），一九五九年由維多里尼與卡爾維諾共同創辦的文學雜誌，至一九六六年維多里尼過世停刊。不定期出刊，以文學議題專輯形式出版。

⑦⑥ 貝里歐（Luciano Berio，1925-2003），義大利前衛音樂家，也是電子樂的開路先鋒。

⑦⑦ 司湯達爾（Stendhal）爲法國作家馬利．亨利．貝爾（Marie-Henri Beyle，1783-1842）的筆名。著有《紅與黑》、《巴馬修道院》。

⑦⑧ 伽齊（Emilio Cecci，1884-1966），義大利文學、藝術評論家。

79 《一個樂天派在美國》（*Un ottimista in America*）。卡爾維諾臨時決定不出版的理由，請參考《巴黎隱士》第十六頁（時報出版）。

80 卡皮提尼（Aldo Capitini，1899-1968），是最早在義大利鼓吹甘地非暴力主義的哲學家、教育家，被譽爲義大利甘地。

81 佩魯嘉—阿西西遊行，一九六一年九月二十四日由卡皮提尼發起的和平遊行從佩魯嘉（Perugia）出發，步行到二十公里外的阿西西（Assisi），宣揚反暴力、反戰爭。卡皮提尼說：「……讓大家知道和平主義、非暴力主義面對既有的惡並非被動接受，而是會主動出擊的……」。實至今日，這個和平遊行活動仍維持每兩年一次。

82 《此與彼》（*Questo e altro*），一九六二年創辦的文學雜誌，至一九六四年停辦，共出刊八期。

83 「'63團」（Gruppo '63），爲與前衛主義區隔，自詡爲「新前衛主義」。因年輕一輩的藝文人士對文學作品仍謹守一九五〇年代的傳統敘事模式表達強烈批判，於一九六三年十月成立。成員包括詩人、作家、評論家及學者，希望能打破傳統新寫實主義的窠臼，實驗新的表達方式。艾柯（Umberto Eco）也是成員之一。

84 古耶摩（Angelo Guglielmo，1929- ），義大利文學評論家，'63團的創辦人之一。

85 托法諾（Sergio Tofano，1886-1973），多才多藝，身兼演員、導演、插畫家、作家等數職。

86 切・格瓦拉（Ernesto Che Guevara，1928-1967），出生於阿根廷的革命家，參與了卡斯楚發動的古巴革命。認爲解決社會不平等的方法就只有世界革命。

87 漢斯・麥努斯・安森柏格（Hans Magnus Enzensberger，1929- ），德國作家、詩人、翻譯家。公認爲德國當代思想家，二〇一〇年獲得哥本哈根大學頒發的索寧獎（Sonningprisen），以表彰他對歐洲文化的貢獻。

88 《日報》（*Il Giorno*），一九六六年創辦於米蘭的報紙，爲與當時第一大報晚郵報有所區別，特別加強財經、文化、娛樂新聞。

89 葛諾（Raymond Queneau，1903-1976），法國作家、詩人、數學家、劇作家，是迦利瑪出版社的重要成員，負責大百科全書的編纂工作。這位法國文學實驗大師的文學創作結合不同學科，以文字遊戲拆解語法規範，突破傳統文學架構。除卡爾維諾翻譯其作品《藍色小花》（*Les Fleurs Bleues*）外，艾柯亦翻譯了《風格演練》（*Exercices de style*）。

90 模控論（Cibernetics），亦稱「控制論」，一九四〇年代出現的一般系統理論，是對自我控制、自主性及階層性秩序的研究，後被不同科學領域加以引用推廣，發展成超學科領域的研究。

91 《報告》（*Rendiconti*），由《工廠》原班人馬於一九六一年創辦的文學雙月刊。

92 格雷瑪斯（Algirdas Julien Greimas，1917-1992），立陶宛語言學家、符號學家，提出「結構符號學」理論。在一九六八年發表的論文〈符號學限制的相互作用〉中提出了第一個符號學模型「格雷瑪斯矩陣」（Greimas square）。

93 潛能文學工作坊（Ouvroir de Littérature Potentielle），一九六〇年由葛諾及里昂（François Le Lionnais）共同創立，成員包括作家及數學家，旨在尋找新的文學結構及方式，以每個人喜歡的方式應用到寫作上。進行多種實驗，包括設定寫作上的限制，以創造新的文學形式。

94 雅里（Alfredo Jarry，1873-1907），法國作家、劇作家。作品《烏布王》（*Ubu Roi*，1896）堪稱荒謬劇的代表。創造了'pataphysique一詞，認爲它是「虛構的科學，象徵性地將物品潛在的特質用線條表現出來。」

95 帕嗒學院（Collège de 'Pataphysique），一九四八年以雅里爲首成立的藝術學派，在宣言中向大眾喊話：「不要被騙了：事情並不像那些瘋子以爲的，說雅里的作品是爲了譏諷，爲了控訴人類行爲及普世眞理；他也不是爲了炫耀可笑的悲觀主義跟尖酸的虛無主義。相反的，他是爲了尋找完美的和諧……。」Oulipo是這個學派中的一個委員會。

96 佩雷克（Georges Perec，1936-1982），法國作家，Oulipo重要成員，創作實驗性強，風格接近當時的新小說（Nouveau roman）。

97 里昂（François Le Lionnais，1901-1984），法國化學工程師、數學家，與葛諾共同創辦Oulipo。

98 魯博（Jacques Roubaud，1932- ），法國數學家、詩人、小說家。

99 富內爾（Paul Fournel，1947- ），法國作家、詩人、劇作家。一九七二年正式加入Oulipo，現爲該工坊負責人，同時擔任帕嗒學院的董事。

(100) 傅立葉（Charles Fourier1，772-1837），法國哲學家、經濟學家、烏托邦社會主義思想家。批判資本主義社會，認爲應推動集體利益與個人利益一致，消弭農村與城市之間的差異，並認爲婦女解放是人民是否得到全面解放的衡量標準。

(101) 後收錄至一九八〇年出版的《塵封》（*Una pietra sopra*）論文集中，共三篇文章，分別是〈給傅立葉1：充滿愛的社會〉、〈給傅立葉2：慾望的管理者〉、〈給傅立葉3：告別。塵埃烏托邦〉。

(102) 維亞雷久文學獎（Premio Viareggio），一九二九年在維亞雷久市創辦的文學獎，希望能提供更寬廣的文學視野。

(103) 猞猁科學院（Accademia dei Lincei），義大利最重要的科學院之一。之所以用猞猁命名，是希望所有科學家都具備猞猁獨有的銳利目光。

(104) 菲特里內利（Premio Feltrinelli），藝術家安東尼歐・菲特里內利（Antonio Feltrinelli）捐贈遺產，於一九四二年成立基金會，由義大利猞猁科學院管理。獎勵對象並不針對單一作品，而是候選人的整體專業貢獻。

(105) 出版協會（Club degli Editori），是蒙達多利出版社於一九六〇年另創辦的出版社，出版品在書報攤以平價販售，也提供會員郵購，好讓經濟條件較差的讀者也能享受閱讀樂趣。

(106) 李齊（Franco Maria Ricci，1937-），出版人、畫家、藝術收藏家、義大利珍本書收藏家。

(107) 強・薩里納利（Giambattista Salinari，1909-1973），義大利語言學、文學學者。

108 藏尼克利出版社（Zanichelli Editore），出版教育、專業書籍的出版社，字典及地圖冊也是重要出版品。

109 阿里奧斯托（Ludovico Ariosto，1474-1533），義大利文藝復興時期詩人，代表作爲《瘋狂的奧蘭多》（*Orlando furioso*）。

110 蘭薩（Francesco Lanza，1897-1933），義大利作家，也是知名的西西里滑稽劇作家。

111 巴西雷（Giambattista Basile，1566-1632），義大利巴洛克時期作家，率先利用童話寓言故事跟老百姓溝通。被譽爲「拿坡里的薄伽丘」。

112 佩羅（Charles Perrault，1628-1703），法國作家。出自他筆下、膾炙人口的童話故事包括《小紅帽》、《藍鬍子》、《睡美人》、《小拇指》、《灰姑娘》、《穿長靴的貓》。

113 彼得雷（Giuseppe Pitrè，1841-1916），義大利作家、人類學家。開啓採擷民間故事之風。

114 史蒂文生（Robert Louis Stevenson，1850-1894），蘇格蘭小說家、詩人及旅遊作家，也是英國新浪漫主義的代表人物之一。著有《金銀島》、《化身博士》。

115 霍夫曼（Ernst Theodor Wilhelm Hoffmann，1776-1822），德國浪漫主義作家、作曲家、畫家。後改名E．T．A（阿瑪迪斯）．霍夫曼。

116 內利（Guido Neri），生平不詳。

117 金茲伯格（Carlo Ginzburg，1939- ），雷歐內及納塔莉亞．金茲伯格的兒子，義大利歷史學家。

⑱ 伽拉提（Gianni Celati，1937- ），義大利作家、翻譯家、文學評論家。

⑲ 奈勒斯（Linus），義大利漫畫雜誌，以史努比漫畫中露西的弟弟「奈勒斯」爲名。

⑳ 傅魯特羅（Carlo Fruttero，1926- ），義大利作家。五〇年代開始與另一位作家盧辰提尼（Franco Lucentini, 1920-2002）聯合創作，包括新聞報導、翻譯、小說。二人也共同擔任蒙達多利出版社科幻系列叢書「鈾」（Urania）的主編。

(121) 齊塔齊（Pietro Citati，1930- ），義大利作家、文學評論家。卡爾維諾爲哈佛大學諾頓講座撰寫的講稿（《給下一輪太平盛世的備忘錄》）在義大利出版時書名爲《美國功課》（*Lezioni americane*），即因一九八五年夏天齊塔提常去探望他，關心講座內容準備進度，總是問「你的『美國功課』做好沒？」

(122) 回憶年輕時的游擊隊生活，當時他化名爲「聖地牙哥」（Santiago），以紀念自己在古巴的出生地。

(123) 費里尼（Federico Fellini，1920-1993），知名義大利導演。年輕時從事過記者、編劇工作，後投入電影。其作品風格獨特，亦不乏自傳色彩。最膾炙人口的作品有《大路》、《八又二分之一》、《甜蜜生活》、《阿瑪珂德》。一九九三年獲頒奧斯卡終身成就獎。

(124) 該文中文版收錄在《虛構的筆記本——費里尼自傳》（商務印書館）。

(125) 這兩篇文章收錄在《在你說「喂」之前》（Prima che tu dica "Pronto", 1993）。

(126) 斯坦伯格（Saul Steinberg，1914-1999），出生在羅馬尼亞的美國漫畫、插畫家。

127 〈親筆畫〉〔La penna in prima persona（Per I disegni di Saul Steinberg）〕，收錄在《塵封》中。

128 梅洛提（Fausto Melotti，1901-1986），義大利畫家、雕刻家，是二十世紀推動形塑藝術革新的重要人物。

129 包里尼（Giulio Paolini，1940- ），義大利觀念藝術家。

130 德．培佐（Lucio Del Pezzo，1933- ），義大利新達達主義畫家、雕刻家。

131 佩維雷利（Cesare Peverelli，1922-2000），義大利超現實主義畫家。

132 阿達米（Valerio Adami，1935- ），義大利畫家。從普普藝術擷取靈感，將日常事物用嘲諷、古怪的方式表現出來，發展出一種獨有的漫畫故事風格。

133 馬涅利（Alberto Magnelli，1888-1971），義大利畫家，風格抽象，接近立體主義及未來主義。

134 瑟拉菲尼（Luigi Serafini，1949- ），義大利藝術家，他畫畫、雕刻、做瓷器，也設計電影海報〔費里尼電影《月吟》（La voce della luna）〕，並加入新前衛團隊Memphis，爲Artemide公司設計燈具。

135 紐利（Domenico Gnoli，1933-1970），義大利藝術家。從普普藝術出發獲得肯定，晚年走向形而上風格。

136 德．基里珂（Giorgio De Chirico，1888-1978），義大利超現實畫派大師，也是形而上藝術始祖。

137 巴伊（Enrico Baj，1924-2003），義大利畫家、雕刻家，風格受超現實主義及達達主義影響，也是啪嗒學院成員之一。

138 荒川弘（Hiromu Arakawa，1973- ），日本女性漫畫家，以《鋼之煉金術師》聞名於世。

139 收錄在《巴黎隱士》（1994）。

140 《共和報》（La Repubblica），僅次於《晚郵報》的第二大報，由卡爾維諾好友斯卡法利創辦，一九七六年一月十四日推出創刊號。

141 〈在貪腐國家裡關於誠實的一則寓言故事〉（Apologo sull'onesta nel paese dei corrotti），這是刊登在報上的標題，但原始資料上卡爾維諾訂的標題爲〈良心〉（La coscienza a posto）。

142 法國榮譽軍團勳章（Légion d'honneur），是法國政府頒授的最高騎士團榮譽勳章，一八〇二年由拿破崙設立。

143 夏洛雅（Toti Scialoja，1914-1998），義大利抽象表現主義藝術家。

144 芭提尼亞諾（Batignano），托斯卡尼省的一個小山城。

145 瑪格麗特·馮·卓塔（Margarethe von Trotta，1942-），德國新電影時期最重要的導演，作品展現高度政治、歷史、女性關懷。

146 莫雷提（Nanni Moretti，1953-），義大利編劇、製片及導演。有義大利的伍迪·艾倫之稱，作品風格嘲諷，自傳色彩濃厚，義大利政治、社會亂象也是他作品的主要題材。

147 噶爾臧提出版社（Garzanti），一九三九年創辦於米蘭。主要出版品除文學作品外，亦有完整的專業辭典系列。

⑱ 蒙特狄森集團（Montedison S.p.A.），產業包括製藥、能源、金屬、保險、出版，一九六六年成立，二〇〇二年倒閉。

⑲ 施赫威勒出版社（Libri Scheiwiller），一九七七年由瓦尼·施赫威勒（Vanni Scheiwiller, 1934-1999）創辦的出版社，以藝術、文學作品爲主。

大師名作坊919

在美洲虎太陽下

作者—伊塔羅・卡爾維諾
譯者—倪安宇
編輯—黃嬿羽
責任企劃—張燕宜
校對—倪安宇、黃沛潔

副總編輯—嘉世強
董事長—趙政岷
出版者—時報文化出版企業股份有限公司
108019臺北市和平西路三段二四〇號三樓
發行專線—（〇二）二三〇六—六八四二
讀者服務專線—〇八〇〇—二三一—七〇五
（〇二）二三〇四—七一〇三
讀者服務傳真—（〇二）二三〇四—六八五八
郵撥—一九三四四七二四時報文化出版公司
信箱—（一〇八九九）臺北華江橋郵局第九九信箱
時報悅讀網—http://www.readingtimes.com.tw
電子郵件信箱—liter@readingtimes.com.tw
法律顧問—理律法律事務所 陳長文律師、李念祖律師
印刷—紘億彩色印刷有限公司
初版一刷—二〇一一年六月二十四日
初版三刷—二〇二一年十一月十七日
定價—新台幣二〇〇元
（缺頁或破損的書，請寄回更換）

時報文化出版公司成立於一九七五年，
一九九九年股票上櫃公開發行，二〇〇八年脫離中時集團非屬旺中，
以「尊重智慧與創意的文化事業」為信念。

在美洲虎太陽下 / 伊塔羅・卡爾維諾（Italo Calvino）著；倪安宇譯.
-- 初版. -- 臺北市：時報文化, 2011.06
面；　公分. --（大師名作坊；919）
譯自：Sotto il sole giaguaro
ISBN 978-957-13-5400-2（平裝）

877.57　　100010584

ISBN 978-957-13-5400-2
Printed in Taiwan